襲撃者は天舞姫――!!
底知れぬ実力と技を前に、
スキル『レベルリセット』は通用するのか……!?
ラグナス・ツヴァイト
『神の申し子』とまで称された神童だったが、
10歳の時に得たスキル『レベルリセット』で
全てを失う。自分を見限った者へ復讐するために
強さを求め、家を出て旅をしている。

「今度は俺と遊んでくれよ、
化け蛇野郎！」

ダッシュエックス文庫

レベルリセット2
～ゴミスキルだと勘違いしたけれど実はとんでもないチートスキルだった～

雷舞蛇尾

LevelReset

プロローグ ◆ もう一人の幼馴染み

Prologue

少年は見つめていた。

遠く、遠く、広がる青い空。

その青よりもより深く吸い込まれそうな瑠璃《るり》色の瞳を。

春の光を受けた花たちが煌《きら》びやかさを纏《まと》いながらその瑠璃色の少女を彩る。

その光景はただ一言、幻想的という言葉に尽きる。

少年は綺麗だという感想さえ陳腐《ちんぷ》に思え、言葉を失っていた。

暖かさを帯びた風が静止した少年の頬を撫でる。

少年の頬についた僅《わず》かばかりの土埃《つちぼこり》は、その風に乗ってどこか遠くへ運ばれていき、その様はまるで、「彼女の前でそんな汚れた姿は許さない」と言われているかのようだった。

◇

時は少し前に遡《さかのぼ》る。他国で大事な会議が開かれるにあたり、少年の父親が王の随行者《ずいこうしゃ》として選ばれた。

少年の父親は王に許可を得たうえで、少年を旅に同行させた。表の目的は少年の社会勉強としていたが、実のところは会議後に行われる晩餐会《ばんさんかい》こそが真の目的。今回の会議では周辺国の王族が揃《そろ》うため、自分の息子の顔を売るには絶好の機会となる。が、さすがに大事な会議まで少年を参加させるわけにはいかない。少年の父親は王城の一室を借り、そこで会議が終わるまでおとなしく待っているよう少年に伝えていた。

しかしそこは好奇心旺盛な年頃。見知らぬ土地、見知らぬ国、見知らぬ城。おとなしくしていろなど聞き入れられようはずもない。

意を決した少年はこっそりと部屋を抜け出そうとする。とはいえ正面から出れば当然、部屋の前の護衛の兵士に見つかってしまう。となれば手段はこれしかない。

少年は扉とは逆の方に向かって歩を進め、両開きの窓の前に立つとゆっくりと外側に開いた。瞬間、暖かな風とともに、草花の香りが鼻をくすぐり、ひらひらとカーテンが小さく靡《なび》く。

少年が窓の外を見下ろすと、少し先に石畳の道。いくら同年代よりも身体能力で遥《はる》かに勝るとはいっても、策もなく飛び降りると間違いなく怪我《けが》をする高さだ。

さてどうしたものかと少年は考える。そしてふと彼の目に先ほど風に靡いていたカーテンが飛び込んできた。

これだっ！　と思った少年は、カーテンを取り外し、端を結んで繋げていく。

部屋の全てのカーテンを結び終えると、今度は窓際《まどぎわ》に置いてあった重厚な机の脚にその端を括《くく》りつけ、思い切り窓の外へ投げ出した。繋がれたカーテンは自重で窓下まで落下し、石畳の上にボトリと着地する。

少年はそれを確認すると、改めてカーテンを引っ張ってみた。机の脚から外れないこと、そして強度が確認できたところで、よしっと気合いを入れ、カーテンに摑まったまま窓の外へと身を乗り出し、ゆっくり、ゆっくりとカーテンを伝って降りていく。

若干《じやつかん》の不安はあったものの、即席のカーテンロープは今のところちぎれるような気配はない。思っていたより楽勝だなと油断した矢先、重さで結び目が甘かった箇所が徐々に解け、ほどなくしてロープは二つに分断された。当然ながら少年は結び目より下の位置にいる。

あとは想像に易《やす》く、「うわあぁぁっ！」という叫び声とともに少年は二階の高さから落下。背中から思い切り叩き付けられる形でなんとか脱出に成功した。

体中に痺《しび》れにも似た痛みが走る。恐らく少年が同い年くらいの子供たちと同じレベルであったなら、そこそこの怪我では済まなかったかもしれないが、そこはまがりなりにも『神の申し子』と呼ばれるだけのことはある。落下の代償は「痛てて」という感想で済んだ。

世界で最も大きな大陸の南西に位置する大国、リーゼベト。その国始まって以来の神童と呼ばれ、『神の申し子』とまで称された少年。僅《わず》か五歳にしてレベル20を超えており、並みの大人では彼に手も足も出せない。ツヴァイト侯爵家の三男、少年の名はラグナス・ツヴァイト。五年後に『レベルリセット』というゴミスキルを手に入れ、家からも、友からも見放される運命を背負った少年である。

ひとしきり痛みを味わったラグナスは何とか起き上がり、辺りを見渡す。ここは中庭だろうか。周りは石レンガの壁に囲まれ、地面は石畳が十字に走っている。石畳によって分けられた区画には、それぞれ色とりどりの花が咲き誇っており、その一角に彼が脱出に使用したカーテンロープの片割れが落ちていた。

「ん？」

くしゃくしゃとひとまとまりになったカーテン。それが何やらもぞもぞと動いていることにラグナスは気付いた。

警戒しながら近寄ってみると、やはりカーテンの下で何かが動いている。どうしよう、確認した方が良いのだろうか。

恐る恐るそれを取ろうとしたところで、不意に突風が地面から吹き上がった。宙に舞うカーテン。ラグナスの視線も自然とそのカーテンに注がれる。

やがてカーテンが落下するのと同時に目線を下げると、花畑の中に両膝《ひざ》をついた一人の少女が映った。腰まで真っ直ぐ伸びた綺麗な瑠璃色の髪。驚いた様子でこちらを見る両の瞳は、髪の色と同じ綺麗な瑠璃色。胸に小さな金色の装飾品があしらわれた、豪奢《ごうしゃ》なピンクのドレスに身を包んだ少女は、啞然とした表情でこちらを見つめていた。

しばしの静寂《せいじゃく》が二人を包む。時間にして数秒。その数秒がラグナスにはとても長く感じられた。まるで二人のいるこの空間だけ時間が停止したのではないかと錯覚するほどに。

時折、暖かな風が頰を撫でる。交錯する視線、そんな静寂を破ったのはラグナスだった。

「えっと……」

何か話しかけた方がいいのではないか。そんな強迫観念に駆られたラグナスは、「大丈夫？」と声をかけようと手を伸ばしたところで、鋭い痛みを感じ、慌《あわ》てて手を引く。見ると手のひらに一筋の赤い線が走っていた。

彼女がやったのだろうか？　かなり怯《おび》えている少女。痛みが走った瞬間、魔法を使った様子は感じとれなかった。むしろ、見えない何かが彼女に近づくなと威嚇《いかく》してきたと言った方がしっくりくる。

ラグナスが不思議な現象に狼狽《ろうばい》していると、少女は緑色の光に包まれ、ボソボソと聞き取れないほどの小声で何かを呟《つぶや》いた。

何だろうと様子を窺《うかが》っていると、突如として彼女は立ち上がり、そのまま宙を駆け上がった。トントントンとリズミカルに、まるで階段を上るかのような動作であっという間に空高く彼女は移動し、やがて石レンガの壁の向こう側へと消えていった。

ラグナスは茫然《ぼうぜん》と立ち尽くし、彼女が辿《たど》った軌跡をただ見続ける。一体彼女は何者だったのだろうか。そんな彼の疑念は、ラグナスの悲鳴を聞きつけた兵士が中庭に飛び込んできたことで、うやむやとなった。


その後、ラグナスは父親であるボルガノフに散々叱《しか》られ、沈んだ気持ちのまま晩餐会を迎えた。

城内の大広間。立食形式で行われるその晩餐会で、ラグナスは話す貴族話す貴族、今日の脱走劇をネタにされ、その都度顔を真っ赤にして俯《うつむ》いた。ボルガノフはラグナスの横で「愚息が申し訳ない」と謝罪をしている。これは戻ったら再びお灸《きゆう》確定だ。

「随分《ずいぶん》人気だなボルガノフ」

そんな中、二人に話しかけたのは一人の男。羽織られた赤い重厚なマントは、彼がこの国の王であるということを示している。

「ルーデンス王！」

ボルガノフはその人物の存在に気付いた瞬間、恭《うやうや》しく跪《ひざまず》く。ラグナスも父のそれに倣《なら》って跪いた。

「堅苦しいのはやめてくれ。昔どおりで頼むよ」

「しかし……。今は立場が違います」

「今も昔も私たちは何も変わらないわ。ねぇルーデンス」

ルーデンスの後ろから現れた気品漂う女性が、ボルガノフとルーデンスに向けてそう告げる。

綺麗に結われた瑠璃色の髪が、昼間の少女のそれをラグナスに思い出させた。

「そうだぞボルガノフ。気なんて遣《つか》うなよ、俺たちの仲だろ」

そして別の方向から、またもやラグナスの知らない男が現れる。

「何だユリウスか。お前に対しては確かにそうかもな」

「俺だけ扱い酷《ひど》くないか!?」

ボルガノフの歯に衣《きぬ》着せぬ一言に、その場は笑いに包まれる。

　ふとラグナスが瑠璃色の髪の女性の背後に目をやると、彼女の陰に隠れるように立つ、一人の少女が見えた。よくよく目を凝らして確認すれば、その姿はまさしく昼間の少女。

「君は……」

　ラグナスがそう声をかけると、少女はビクンと反応し、瑠璃色の髪の女性の背後にその身を隠した。

「ごめんなさいね、凄《すご》く人見知りで。ほら、ご挨拶《あいさつ》なさい」

　女性に促され、おずおずと少女はラグナスの前に姿を見せる。ドレスは昼間着ていたものとは違い、彼女の髪の色と同じ綺麗な瑠璃色のものだった。

「さぁ、ほら」

　黙って俯いたままの少女は、重ねて促されるとやっと顔を上げ、辛《かろ》うじて聞き取れるくらいの声量で呟いた。

「エアリルシアです」

　そして彼女は恥ずかしそうにドレスのスカートを両手で広げる。ラグナスがそれを見ながら呆けていると、何やら背中を強い力で叩かれた。ボルガノフからお前も挨拶しろとの合図だ。

「ラ、ラグナスです。ラグナス・ツヴァイトです」

　ラグナスは自分の名前を告げ、片膝をつくと頭《こうべ》を垂れる。そしてゆっくりと元の姿勢に戻るとエアリルシアという名の少女に一歩近づいた。

「昼間は申し訳ありませんでした」

そして立ったまま再度頭を垂れる。故意ではないとはいえ驚かせてしまったことに変わりはない。謝罪をすることが、今のラグナスにできるせめてもの誠意だった。

しかし少女はさっと女性の背後に再び隠れてしまう。あぁ、これは相当嫌われたとラグナスは心の中でため息をついた。

「おや、君は娘を知っているのかい？」

そう尋《たず》ねてきたのはルーデンス王だった。まぁ知っていると言われれば知っていると言えるだろう。ラグナスは「はい」と頷《うなず》くことで肯定の意を伝える。

「そうかそうか。いや、なにぶん引っ込み思案で友達と呼べる友達もいなくてね。どうだい、君さえ良ければ娘と友達になってくれないかな？」

ルーデンスのその提案に、あからさまに嫌そうな顔を見せることでエアリルシアは拒絶の意思を伝える。

「えっと……どうも嫌われているみたいなのですが」

嫌われているみたいではなく多分そうだとラグナスは思った。別に友達になることは大歓迎だけれど、相手にその気がないのに無理にというのも気が引ける。その理由を作り出したのが自分の失態というのも罪悪感は大きい。

「そんなことないよな」

しかし、ルーデンスは一言、少し語気を強めにして少女にそう言った。少女はビクンとなって涙目でルーデンスを見るが、王は彼女のその仕草に気付かないふりを続け、挙句の果てにはにこやかに彼女の背中を押す。

遂《つい》にやむなしと悟ったのか、おずおずとラグナスの前に立った彼女は、軽く、本当に軽くだけど頭を下げた。

ラグナスは何だか複雑だなぁと心の中で思い、ひとまず苦笑いでそれを受け入れた。

最初にお互いが抱いた印象は『変な奴』。決して運命的なものでも、はたまたロマンを感じるものでもなかったけれど、これがラグナスと、もう一人の幼馴染《おさななじ》みとの出逢《であ》い。

そんな二人を遠くから面白くなさそうに眺める赤色の瞳。綺麗な金髪をしたラグナスと同い年くらいの少女は、近くの執事らしき老紳士に何かを尋ねる。

そしてさらに機嫌を悪くすると、フンっと鼻を鳴らして、その場を後にするのだった。

第1話 ◆ 新たなスキルを求めて

Chapter 1

「しっかりしろ、ルーシィ」

アスアレフ王国王都から東。山々に囲まれた大きな湖、アイリス湖。その湖の中心にポツンと浮かぶ島の上に、スカーレット・ブラッドレイ、人呼んで魔眼の吸血鬼の屋敷がある。

アスアレフのギルドを統括するギルドマスター、カマール・チュチュレートにウィッシュサイドのあれこれ全てを丸投げした俺たちは、情報屋クリフ改めリーゼベト七星隊の隊長リュオンの手から逃れるため、スカーレットの招集に従い、彼女の屋敷へ戻ってきていた。

幸いにも道中ではリュオンの襲撃はなく、出てくるのはニナやフォーロックが簡単に倒せる程度の弱いモンスターばかり。……俺はというと基本的には傍観《ぼうかん》。悔しい思いは強いけど、残りの虹スキルを手に入れるまでの辛抱《しんぼう》だ。全ての虹スキルを手に入れることで俺は最強になれるのだから。

それで滞《とどこお》りなく目的地に到着することができたが、事はそんなに都合良く運ばない。以前と同様にコウモリが橋となり、その上を渡り切ったその時、俺の愛馬のルーシィが気を失うようにバタリと倒れ込んだのだ。

俺は慌《あわ》ててルーシィに手をあてがう。息は荒々しく、見るからに苦しそうな様子。白と青のオッドアイが助けてと言わんばかりに俺を見る。追っ手から逃れるため、気付かないうちに無理をさせてしまったのかもしれない。

「ふむ。ちょっと儂《わし》が見てみよう」

不意にどこからか声がしたかと思うと、ニナの髪を括《くく》っていたリボンがコウモリとなり、ルーシィのもとへ飛んでくる。くだんの吸血鬼、スカーレット・ブラッドレイその人だ。その人？　その吸血鬼？　まぁ、言い方はどっちでもいいか。

「ふむふむ。これは……」

バサバサと羽ばたきながらルーシィの周りを飛び回るコウモリ姿のスカーレット。そしてある程度観察を終えたところで、ニナのもとへ戻っていった。

「とりあえず全員中へ入れ。その子は休める場所に儂の眷属《けんぞく》に運ばせておく」

彼女がそう言うと、橋だったコウモリたちが横たわるルーシィの下へ潜り込み、ちょうどルーシィが乗れるサイズの台車のような形になるとどこかへ運んでいった。スカーレットのことだから任せて大丈夫だと思うけれど、やはりルーシィの容態は心配だ。ただずっとここで立ち尽くしていてもしょうがないので、大きな不安を心に抱《かか》えながら、俺たちはスカーレットの言う通り、屋敷の中へ足を向けた。

◇

「呪い……だと？」

「うむ。端的に言うてそうじゃな」

数日ぶりに見る本体の方のスカーレットは、難しい表情を浮かべてそう告げる。

屋敷の広間で俺たちを出迎えたスカーレットは、開口一番「ルーシィは重い呪いをかけられている」と伝えてきた。

表情は真剣そのもの。恐らく嘘はついていない。

「呪いのせいでルーシィは今のような状態になってしまったっていうのか？」

「うむ、そうじゃ。すぐにどうこうしなければ命に関わるというものではないが、かなり衰弱をしておるところを見るに早くなんとかしてやりたいところじゃな」

「お前の力でなんとかならないのか？」

「無理じゃ。強い呪いで儂ですら解呪できん」

実際この目で見たこともないから想像の範囲内だけれど、スカーレットは魔法に造詣《ぞうけい》がかなり深い方だと思う。魔眼の吸血鬼なんて呼ばれるくらいだし、会ったことすらない俺たちのことも知っていた。そんな彼女ですら解呪が不可能だと言うのだ、これは万事休すか……。

フォーロックとニナも深く考え込んでいるが、表情を見るに妙案が浮かんだようには思えない。

呪いは本来、かけた本人を殺すか、そのかけた本人の魔力を大幅に上回る魔力によって解呪を行わなければならない。スカーレットでも解呪できないということは、相当な腕前の呪術師によってかけられた呪いなのだろう。

「せめて誰がこの呪いをかけたかが分かれば……」

ニナは小声でそう呟《つぶや》く。

それは確かに俺も考えた。だけど、道中でルーシィが怪《あや》しい人物に接触したような様子はなかった。過去にかけられていたという線もあるけれど、それこそ雲を掴むような話、到底現実的じゃない。

「悩んどるようじゃが、手がないわけではないぞ」

スカーレットは、ゆっくりと俺の方へ歩み寄る。

「何か案があるっていうのか？」

俺がスカーレットに尋《たず》ねると、この幼女はゆっくりと俺を指差した。

「お主《ぬし》のスキルを使えば解呪することが可能じゃ」

俺の……スキル？

レベルリセットは論外として、天下無双は戦闘用だし、ステータスに表示されない早熟と超回復は俺にしか効果がない。あとはランダムスキルだが……、ランダムスキル……？

「そうか、ランダムスキルだ！　これで治療できるようなスキルを引き当てれば……」

「残念じゃが、金色のスキルまでで解呪できるようなものは存在しない」

スカーレットは違うとばかりに首を振る。

「儂が言うておるのはお主がまだ修得しておらん虹色のスキルのことじゃ」

「修得していないスキル……？」

「そうじゃ。それは己以外のどんな怪我《けが》や呪い、状態異常をも一瞬にして完治させるスキル……」

そしてスカーレットは一呼吸置き、続けた。

「伝説の霊薬と同じ名を持つそのスキルの名は『エリクサー』。ジュームダレトのスキルクリスタルに封印されておるスキルじゃ」

スカーレットがいつものドヤ顔でそう語ると、ニナが何かに気付いたかのようにはっとした表情を浮かべた。

「ジュームダレト……。もしかして風崖《ふうがい》都市ローンダードのことかな？」

「知ってるのかニナ？」

「うん。ローンダードは昔ジュームダレトという国だったって本で読んだ気がする。百五十年くらい前に滅びて、今はローンダードと名前を変えてアスアレフ王国の一部になったって……」

「いかにも。ニナの言う通り風崖都市ローンダードこそ、かつてジュームダレトという国があった場所。ローンダードというのも五十年ほど前に当時のアスアレフ王が新しくつけた名でな。そこにはかつての王族の末裔《まつえい》がおるはずじゃ」

「んで、そいつの持つスキルクリスタルから『エリクサー』を修得してこいってことか」

だいたいの話は把握した。それなら……。

「善は急げだ。ニナ……、は来るとしてフォーロックお前はどうする？」

ニナは当然ついていくという顔をしていたので、俺はフォーロックに尋ねた。ここへ来る道中、フォーロックには俺のスキルのことや、俺とニナの過去を除いて今まであった出来事を全て話している。フォーロックは俯《うつむ》き、何やら考える素振りを見せたが、すぐに顔を上げて答えた。

「私も行こう。ここでじっとしていてもしかたがないからね」

「決まりだな。それじゃあ早速……」

「待て。ニナはここに残るのじゃ」

「えっ!?」

不意にスカーレットがニナへ向けてそう言う。素《す》っ頓狂《とんきょう》な声を出すニナに対して、スカーレットは続けた。

「お主はここに残れと言ったのじゃ」

スカーレットはきっぱりとそう告げる。ニナは納得がいかないといった様子でスカーレットに詰め寄った。

「どうしてですか？　私もラグナスと一緒に……」

間近まで寄ってきたニナにスカーレットは何やらボソボソと囁《ささや》く。すると彼女の顔色は一瞬で変わった。

「どういう……、ことですか？」

「なに。言葉通りの意味じゃよ」

「本当に……本当に？」

「うむ、嘘ではない。飽くまでお主の努力次第という条件付きじゃがの」

「私の……努力次第……」

ニナは俯きしばらく何かを考え込む。

そしてぐっと何かを決意したように俺を見た。

「ごめんラグナス。私ここに残る」

彼女の表情を見て俺は確信した。いろいろなことを見通せるスカーレットからどんなことを吹き込まれたのかは分からないけれど、だいたいは想像できる。彼女から聞いた過去の話、それを思い返せば尚更だ。

「そうか、分かった」

だこらこそ俺は彼女の言葉を受け、背を向けた。これは俺とルーシィの問題だ。彼女を無理に引っ張ることはできない。

「いいのか？　彼女の魔法はかなりの戦力になると思うのだが？」

「ニナが決めたことだ。それに」

「それに？」

「いや、何でもない」

そう言って俺は歩き出す。それに、ニナがあんなに嬉しそうな顔をしたんだ。あの日のあの夜、『信じてる』と彼女が言った時のように。

「ラグナス……あの……ごめんね」

申し訳なさそうなニナの声。何でそこで謝るんだと俺は心の中でため息をつき、彼女の方へ振り返った。

「過去に関わることなんじゃないのか？」

「っ!?」

俺がそう尋ねると、表情から伝わる驚愕《きょうがく》の様子。何で分かったのといった感じだ。何を言われたのかは分からないけれど、ニナがあんな顔をする理由なんて少し考えたら分かる。

付き合いは短いし、彼女の全てを分かっているなんて到底言えない。だけどその一部、彼女が味わってきた辛《つら》さ、苦しさ、そして抱えている悩み。俺がどうこうできる問題じゃないとしても、それを理解してあげることは俺にだってできる。理解しているからこそ、彼女がそれに正しく立ち向かっていこうとするなら、邪魔することなんてできない。……こんな状況じゃなかったら、俺もニナの手助けができたんだけどな。

「だったら謝る必要なんてないだろ。スキルの件はちょっと出かける程度のおつかいみたいなもんだ。だからニナはニナのため、何も気にせずお前のしたいことに全力を尽くせばいい。本当なら俺もそっちに手を……、え?」

貸したいところだけどと言おうとした瞬間、胸元に軽い衝撃が走る。

「ニ……ナ?」

「ラグナス。ありがとう」

ニナは俺の胸に顔をうずめ、表情は窺えない。けれど声色から何となくそれは読み取れる。

彼女を引きはがそうとした俺の右手は迷いを纏《まと》って一瞬止まり、そのまま行き場をなくし、仕方なく自身の頭へ向かった。どうしたものかと俺はガシガシと頭を掻く。

「おやおやラグナス。随分《ずいぶん》と優しくなったものじゃの」

ニヤニヤしながらスカーレットがこちらを見る。

「うるさい。俺にもいろいろあるんだよ」

「いろいろ……ねぇ」

尚もニヤニヤしながらこちらを見続けるスカーレットに少しばかり苛立《いらだ》ちを覚えた。

ったく、お前は何でもお見通しなんだから、何があったかぐらい既《すで》に知っているだろうに。

すると、もう十分だといった様子で抱き着いていたニナがすっと離れる。少し残念な気持ちを抱《いだ》きつつも、ニナの表情が満足そうだったので、俺も少し安心した。

「頑張ってね。私も頑張るから」

彼女はそう言い、グッと拳を突き出す。

「ああ。任せとけ」

俺はそう返すと、彼女の拳に自分の拳を突き合わせた。

「うむうむ。二人とも頑張るのじゃぞ」

そんな俺たちを見て、微笑ましそうにスカーレットは笑う。

「いいのかい？　その……彼女、助けが必要だったりとか……」

ふと、何やら難しい表情で黙っていたフォーロックが、歯切れの悪い口調で俺に耳打ちしてくる。

こんなことを急に言い出すなんて、どうしたんだろうか？

「本来ならそうしたいところだけど、今回はルーシィが優先だからな」

俺がそう告げると、「そ、そうか……」とだけ呟き、そのままフォーロックは黙ってしまった。

そんなにニナのことが心配なのか？

別にフォーロックはニナの過去のことを知っているわけではないし、そこまで彼女を気にする理由が分からない。

「ニナなら多分大丈夫だ。何かあったらそこのロリ吸血鬼が動いてくれるだろ」

ちらっとスカーレットに目をやると「なんじゃい」と言って睨《にら》んでくる。

「男同士でこそこそ密談してる暇《ひま》があったらさっさと向かうのじゃ。ルーシィは今でも苦しんどるんじゃぞ」

「分かってるよ。さ、行くぞフォーロック」

「あ、あぁ」

俺はフォーロックにそう声をかけると、フォーロックは煮えきらない態度で返事をする。

しばしフォーロックは考えた後、「そうだね」と何かを頭の中から振り払うように笑みを浮かべた。その瞼《まぶた》の奥で、氷のような青い瞳を静かに揺らめかせながら。

こうしてニナを除いた俺とフォーロックの異色のコンビでローンダードへ向かうこととなったが、この時の俺は思ってもみなかった。この糞のじゃロリ吸血鬼の巧妙な言い回しに俺は騙《だま》されていたということに。

第2話 ◆ ローンダードの天舞姫

「ちっ、来るぞ！」

「ああ分かっている！」

スカーレットの屋敷から更に東へ向かう街道沿い。目的地への道中で、俺とフォーロックは運悪く、本当に運悪く厄介な魔物に出くわした。

普段人が行きかう街道でこんな魔物は出現しない。だから出くわしたというより、正確には押し付けられたと言うべきか。

俺とフォーロックが徒歩でローンダードへ向かっていると、不意に遠くから地響きとともに数人の人影がこちらへ走ってくるのが確認できた。

その中には猫のような風貌の子供も二人ほど見受けられたけれど、格好からして多分、冒険者たちだろう。

何だと思っていると、その冒険者たちの背後には、馬鹿でかい大きな熊のような魔物。

呆気《あっけ》にとられていた俺たちが気付いた時には魔物はもう目の前に。その冒険者たちは申し訳なさなど欠片《かけら》も見せず、スタコラと逃亡していく。

瞬時にやられたと思った。しかし、気付けど時既《すで》に遅し。状況の把握ができた時にはすっかり二人きりで魔物と対峙《たいじ》する形となっていた。


「グオオオオッ！」


そいつは大きな咆哮《ほうこう》とともにフォーロックへ向かって突進する。彼はアイテムボックスから巨大な大剣を取り出すと、その突進を剣の腹で受け止めた。

「ソードエンチャント『黄金』」

フォーロックが自身のスキル『ソードエンチャント』を発動させる。すると彼の持っている剣が黄金の光を纏《まと》い始めた。

スキル『ソードエンチャント』は振るう剣に特殊な効果を付与するスキル。例えば『黄金』は剣速を格段に上昇させる効果を持っている。

他にも種類はあるらしいけれど、俺が見たことがあるのはこの『黄金』のみだ。フォーロック曰《いわ》く、大剣はどうしても速度が落ちるため、これが一番使い勝手がいいらしい。

フォーロックは、衝突の反動で後ろにのけ反《ぞ》ったそいつに向けて、まるで光のごとき速さで何度も黄金の剣を振るう。

しかし鋼《はがね》のような毛皮を前に傷はつけられず、では打撃としてのダメージはどうかというと、巨大な体躯はタフさの象徴とでも言わんばかりに、効果は薄いように思われる。

「厄介だな」

苦虫を噛み潰《つぶ》したような表情でフォーロックはその魔物、スティウルス・ゴアを睨《にら》み付けた。

熊のような見た目をした魔物スティウルス、その中でも特に巨大で獰猛《どうもう》な変異体をスティウルス・ゴアと呼ぶ。

ギルドの推奨ランクで言えばBからAは確実だろう。現にリーゼベト七星隊第七番隊の隊長であるフォーロックが苦戦している様を見れば、その強さは推《お》して知るべしだ。

こうなった以上、俺もただ見ているだけというわけにはいかない。

俺はアイテムボックスからロングソードを取り出すと、スカーレットからもらったスキルクリスタルで修得した虹スキル『ランダムスキル』で事前に修得しておいた金スキルを発動させる。

「スキルコピー」

＝＝＝＝＝＝＝＝＝＝＝＝＝＝＝＝＝＝＝＝＝＝＝＝＝＝＝＝＝＝＝＝

スキルコピー

発動する直前に見たスキル効果を模倣し、使用することができる。

＝＝＝＝＝＝＝＝＝＝＝＝＝＝＝＝＝＝＝＝＝＝＝＝＝＝＝＝＝＝＝＝

この『ランダムスキル』は、一日に一度、ＳＰの消費をせずにスキルを修得することができる。

修得できるスキルは、修得レベルが低ければ低いほど強力なものとなり、今回修得できた『スキルコピー』も金色のスキルだ。

ただ修得は永続的なものではなく、日付が変わった瞬間に『レベルリセット』とは関係なくスキルは消滅してしまう。

「ソードエンチャント『黄金』」

俺はフォーロックのスキル『ソードエンチャント』を模倣《もほう》し、剣に黄金の光を纏《まと》わせるとスティウルス・ゴアに斬りかかった。

しかし、フォーロックの斬撃でもビクともしない魔物相手に俺の攻撃が通じるはずもない。剣は鋼のような毛皮を前に傷一つ付けることはできず、ゴムのような弾力を持つ筋肉に押し返された。

そして魔物は邪魔だと言わんばかりに、俺をその巨大な前足で薙《な》ぎ払う。体中に電撃のような痛みが迸《はし》り、骨という骨が砕ける音、そして痛覚が脳を襲った。

「ラグナスっ！」

フォーロックが焦《あせ》りをはらんだ声色で俺の名を呼ぶが、その叫びを遠く感じる。

宙へ弾《はじ》き上げられた俺は、そのまま背中から地面へと叩き付けられ、少量の血を口から噴いた。

麻痺《まひ》する身体、襲い来る激痛。致命傷であることは明白だ。しかしそれらは一瞬の時を置いて、まるで何もなかったかのように俺の身体から消え去った。

ゆっくりと上半身を起こした俺は手を握ったり開いたりして、身体が自由に動くことを確認する。

改めて虹スキル『超回復』の効果に感謝しつつ、俺は立ち上がった。

フォーロックは相変わらず何度も黄金の剣を振るっているが、スティウルス・ゴアが倒れる気配はなく、このまま続ければ、体力の差でジリ貧になることは間違いない。

迷っている暇《ひま》はないと判断した俺は、一息置いて虹色スキル『天下無双』を発動させた。

瞬間、俺の身体は虹色のオーラに包まれる。

一日に一度だけ使える奥の手。使用後にステータスが半減するという代償と引き換えに、一分間だけステータスが爆発的に上昇するスキルだ。

俺はあっという間にスティウルス・ゴアとの距離を詰める。

虹色のオーラに包まれた俺を見たフォーロックは状況を察し、攻撃の手を止め魔物と距離をとった。

それを確認した俺は間髪《かんはつ》を容《い》れず、そいつのどてっ腹に拳を繰り出す。衝撃波とともに繰り出された俺の拳は、スティウルス・ゴアの身体に触れた瞬間、大きな風穴をそこに空けた。

スティウルス・ゴアは一瞬何が起こったのか分からないといった表情を浮かべていたが、やがて痛みを感じたのか大きな咆哮を上げる。

腹に大きな穴を空けられてなお立ち続けるスティウルス・ゴアに心の中で称賛を贈りつつ、俺は決着をつけるため、地面を蹴り大きく飛び上がった。

苦しむスティウルス・ゴアがこちらを凝視《ぎようし》する。俺はそいつの首筋に向けて回し蹴りを放った。

俺の蹴りはスティウルス・ゴアの頸椎《けいつい》を捉《とら》え、そのまま断ち切るようにして頭と胴体が分離する。

頭は数メートル先へボトリと落ち、胴体は土煙を巻き上げながら大きな音とともに地面へ倒れた。時間にして僅《わず》か数秒の決着。その事実が『天下無双』によりもたらされた効果の圧倒的な威力を物語っていた。

◇

ローンダード。切り立った崖の上に造られたその街は、谷間からの風が絶えず吹きつけていることから、風崖《ふうがい》都市と呼ばれている。

スカーレットの屋敷から徒歩で三日ほどのその街は、アスアレフ王国の東端に位置しており、関所を越えればラオツァディー公国の首都を目前とすることから、ラオツァディー公国との交易の要所としても重要な街である。

スティウルス・ゴア討伐《とうばつ》後、ほどなくしてローンダードに到着した俺とフォーロックは早速、ギルドへ向かった。

理由は簡単、先ほどの魔物の討伐報告と、クレームを入れるためだ。

生命の危機を前にして必死だったとはいえ、見ず知らずの他人に魔物を押し付け、あまつさえ自分たちは尻尾を巻いて逃げるなど冒険者の風上にも置けない。

少なくとも猫みたいな奴らの風貌は事細かに覚えているから、すぐに割り出されてギルドから重いペナルティを科されるだろう。

「ちょっと待ってほしいですミャ！」

不意に俺に向かって可愛らしい声が投げかけられる。

ミャ？

何やら聞きなれぬ語尾に振り返ると、そこには白、黒、茶色、三色のモフモフの毛に包まれた猫のような風貌の……というか猫がいた。

その服装は冒険者が着る軽装の防具のようなもの。こいつら確か……。

「お前たち、さっきの冒険者！」

そう、忘れようはずもないスティウルス・ゴアの相手を俺たちに肩代わりさせた冒険者たちのうちの猫の風貌をした子供二人というか二匹。その元凶が今俺たちの目の前に立っている。

一方は話しかけてきた三毛の雌猫。もう一人はそいつの後ろで腕組みしながらフンっと鼻を鳴らしている、灰色にほのかな青を混ぜたような毛並みの雄猫。

なんでこいつだけこんなに偉そうなんだ？

「先ほどはすみませんでしたミャ！」

三毛の方はミャッと鳴き声を上げると、俺に向かって頭を下げる。

「ほら、ニャルも謝るミャ」

三毛が後ろの不機嫌そうな灰色にそう言うと、そいつは三毛の方を一度見て、俺たちを睨《にら》み付けてきた。

「生憎《あいにく》、僕は人間ごときに下げる頭を持ち合わせてないニャ」

「そうか、じゃな」

俺は見切りをつけると二匹に背を向けて歩き出す。

素直に謝ってくるのなら、許してやることも多少考えてはいたけれど、そっちがその態度なら話を聞く時間がもったいない。

俺はただ事実をギルドに報告するまでだ。特に灰色の猫が主犯格だと伝えておこう。

「ま、待ってほしいミャアアアアッ！」

すると三毛は叫びにも似た声を上げ俺の足に飛びついてきた。モフッとした感触が俺の足を包む。

「お願いミャ！　ギルドだけは、ギルドにだけは言わないでほしいミャ！」

三毛は俺の足を摑んで縋《すが》り付くようにそう言う。とはいってもなと俺は再度灰色の方を見た。

「フンッ、どうしてもと言うなら謝ってやってもいいニャ。すまんニャ。これでいいニャ？」

「フォーロック、ギルドはあっちで良かったよなぁ！」

「ミャアアアアアッ！」

◇

「すみませんでしたニャ」

目の前で土下座をする、傷だらけの顔の灰色。

結局、怒った三毛が灰色を俺たちの目の前でボコボコにし、「ほら、とっとと謝るミャ」とドスの利《き》きいた声とともにお尻を蹴り飛ばしたことで、灰色は観念したのか俺たちに土下座をした。正直灰色を折檻《せっかん》している時の表情は俺でも恐怖を感じた。

「重ね重ねすみませんでしたミャ」

三毛の方も灰色の隣で土下座をする。その姿を見て、はぁ、と俺はため息をついた。

「もういいって、分かったよ」

魔物を押し付けられたのは腹が立つけれど、実際こちらに被害はない。

正確には俺は死ぬ思いはしたけれど、まぁ『超回復』のおかげもあってピンピンしているし。誠意をもって謝罪をしてくれたのならもうそれでいいかと思う。

「これでいいか？」

と、念のためフォーロックにも聞いておく。

それでいいかは飽くまで俺の個人的な思いであり、同じ被害者であるフォーロックの意見を無視するわけにはいかない。

「あぁ。謝罪はきっちり受け取ったよ」

フォーロックは爽《さわ》やかにそう言う。

「恩に着ますミャ！」

三毛が嬉々《きき》とした表情でそう言うのに対し、灰色の方は勝ち誇ったような表情で「まったく人間は面倒くさい生き物ニャ」とのたまう。

とりあえず『天下無双』を発動しようと思った矢先、三毛の綺麗なアッパーが灰色に炸裂し、一発KOしたので、心の中でとりあえず拍手を贈っておいた。

「申し遅れましたミャ。私はミャルミョルミミュミョメミャと言いますミャ」

「は？」

「それでそこに転がっているのは私の相方、ニャルニルネニュニニャーニョと言うミャ」

「待て待て、何だって？」

恐らく名前を教えてくれたのだと思うけど、ミャーミャーニャーニャー言っているようにしか聞こえなかった。

「そうか、ミャルミョルミュミミャメミョとニャルニルネニニョニャーニュだね」

フォーロックが自信満々にそう言う。すごいなフォーロック、今のを一発で聞き取れたのか！

「違いますミャ。ミャルミョルミミユミヨメミャとニャルニルネニユニニャーニョミャ」

……。ジト目の視線を送ると、フォーロックは頭痛を抑えるかのように頭を抱《かか》え、「何が間違っているんだ」とブツブツ呟いていた。そうだな、俺も分からん。

「とりあえずミャルとニャルってことでいいか」

聞き取れた部分がそこだけだったので、とりあえずあだ名っぽく提案をしてみた。

「いいですミャ。ミャルとニャルもお互いをミャル、ニャルと呼んでいますミャ。じゃないとこんな長ったらしい名前、面倒くさくていちいち呼んでられないですミャ」

はぁ、とため息をつくミャル。

まぁ、そりゃそうだよな。こればっかりは本人が悪いわけではないし、とりあえず心中お察しします。

「そうミャ。ご迷惑をおかけしたお詫びとしてこれを受け取ってほしいですミャ！」

そう言ってミャルは何やら古ぼけた手のひらサイズの紙を懐《ふところ》から取り出す。パッと見ると紹介状に見えるそれを俺は受け取り、何かと確認してみた。

「ケイン商会？」

「そうですミャ！」

そこには、『ケイン商会がお世話になりました券』と書かれていた。

……、何だろうこの滲《にじ》み出るいかにも小さい子が作りました感。

「ミャルとニャルはこの街に商売に来たんですミャ」

「そう、僕たちは誇り高きケイン商会の商売人、いや――商売猫なのニャ」

ドヤと胸を張るミャル。隣にはいつの間にか目を覚ましたニャルも誇らしげな様子で胸を張っていた。

「ミャルたちはいろいろな国を渡り歩いていますミャ」

「そう、僕たちは流浪《るろう》の渡り鳥、いや――渡り猫なのニャ」

「商売柄同じ場所に留《とど》まる期間は短いですミャ。どうしても知り合いと言える人は限られてしまうのですミャ」

「そう、僕たちは孤独な二匹狼、いや――二匹猫なの――ニャッ！」

ミャルが何か言うたび割り込んでくるニャルのうざったい合いの手に苛立《いらだ》ちを抑えられなかったのか、うるさいとばかりにミャルのストレートがニャルの顔面にめり込んだ。

そのままニャルは後ろに倒れ、再び気絶する。パンパンと手のひらの埃《ほこり》を払う仕草を見せ、ミャルは続けた。

「ですから恩を受けた相手にはこうしてお世話になりました券をお配りしていますミャ」

すごく嬉しそうな顔でそう言うミャル。いやまぁ、気持ちはありがたいんだけど……。

「お気に召しませんでしたかミャ……？」

微妙な空気を醸《かも》し出す俺の様子を察したのか、寂《さび》しげな表情をミャルは浮かべる。そんな顔されたらいらないとは言えない……よな。

「ありがとう。とりあえず受け取っておく」

「ミャア！」

すると一転してミャルは嬉しそうな表情に戻り、可愛らしい鳴き声をあげる。

そしてピョコピョコと俺に近づくと、そのモフモフ、プニプニとした手で俺の手を取った。

「お二人がお困りの際は、ぜひ最寄《もよ》りのケイン商会をお訪ねくださいミャ。それがあればケイン商会は必ずお二人のお力になりますミャ。ジェイ様の名に誓って絶対ですミャ」

そのままミャルは気絶したニャルの襟首《えりくび》を掴むと、「ではまたどこかでミャ～」と足早に去っていった。何だか嵐のような連中だったな。

俺は改めてお世話になりました券に書いてある内容を見てみる。

すると券の裏面に先ほどミャルが言っていた『ジェイ』という人物のサインがあった。

「ジェイ・ケインヘット……ねぇ。ん？　ケインヘット」

そこには確かに『ジェイ・ケインヘット』の文字。

ケインヘットって確か――。

「ケインヘットと言えば、アーメル大陸にある国の名じゃなかったかな？」

俺が持つ券を横から覗《のぞ》いたフォーロックがそう言う。確かにケインヘットと言えば、アーメル大陸の南に位置する王国の名だ。

アーメル大陸とは、ここアスアレフがある大陸から遥《はる》か東に位置する大陸で、ゴドカフ海と呼ばれる大海を越えた先にある。

その大陸は、北方を治める国ベヌンと、南方を治める国ケインヘットによって二分されており、ここ数百年の間、どちらがアーメル大陸の支配者となるかで絶えず争いを続けていることで有名だ。

「まさかな……」

ただの偶然だと俺は自分に言い聞かせ、その券をアイテムボックスにしまう。今はそんな遠い国のことを考えている暇なんてない。

ローンダードへ辿《たど》り着いた俺たちがなすべきことはただ一つ。

かつてこの地に栄えていたとされる『ジュームダレト』。その国を統治していた王族の末裔《まつえい》を探すこと。

そしてその王族の末裔が持つとされるスキルクリスタルから『エリクサー』のスキルを修得すること。

「いずれにせよスティウルス・ゴアの討伐報告をする必要がある。まずはギルドへ急ごう」

俺はフォーロックにそう告げると、ギルドへ足を向けるのだった。

◇

「お疲れ様でした。ギルドマスターには支部長を通じて連絡をしておきます」

ギルドに到着した俺たちは早速スティウルス・ゴアの討伐報告をする。

とりあえず何だか理由は分からないけれど、街道でうろうろしていた魔物に襲われたということにしておいた。

他の冒険者については庇《かば》ってやる必要はないから伝えても良かったのだけれど、正直ミャルとニャルの印象が強すぎて他の冒険者の特徴を覚えてないし、もういいやという気持ちもあって報告はしなかった。どんな奴らだったかミャルとニャルに聞いておけばよかったな。

「それにしてもすごいですね。スティウルス・ゴアと言えば最低でもBランク以上が推奨される討伐対象ですよ。それをEランクのロクスさんが倒されたなんて」

受付の女の子は俺のベルトループにある青色のギルドプレートを見てそう言う。

「本来ならすぐにでもランクアップの申請をするところなんですけど……」

「非公式の討伐だからできないんだろ」

「はい……」

受付の女の子は力なくうなだれる。別にこの子が気にする必要もないんだけどな。

ギルドのランクアップについての細かい規定は分からないけど、どうも申請対象となるのはギルドで正式に受けたクエストで成果を上げた場合のみらしい。少し残念だけどルールはルールだ、仕方ない。

ちなみに魔物討伐に対しても報酬等は出ないらしい。これについては、あのギルドマスターにまた会った時にでも文句を言っておこう。ここもアスアレフ王国内。あのギルドマスター、カマール・チュチュレートの管轄《かんかつ》だしな。

「そういえば、この辺で歴史とかが調べられるところってあるか？」

受付の女の子に、俺はとりあえず本題を切り出す。

王族の末裔を探し出すためには、まず『ジュームダレト』という国について調べるのが手っ取り早いのではないかと俺は考えた。

そこから何かしらの手がかりを見つけられれば、王族の末裔が今どこにいるのか分かるかもしれない。

「そうですねぇ。図書館でしょうか」

「図書館？」

「はい。古い書物も置いてありますし、歴史を調べるにはうってつけだと思いますよ。よろしかったら地図を書きましょうか？」

「あぁ、頼む。あとこの辺りに酒場とかってあったりするか？」

「何軒かありますね。では、そちらも含めて一枚にまとめておきますね」

受付の女の子は近くにあった紙にさらさらと地図を書いて手渡してくれた。


こうして俺とフォーロックは手分けをして王族の末裔について調べることになった。

とりあえず『天月《てんげつ》』という名の宿屋を根城にして、俺は酒場、フォーロックは図書館でそれぞれ情報収集にいそしんだ。

念のためフォーロックには俺みたいに冒険者名のような偽名を名乗ることを提案する。

すると少し考えた後に、「では、ここにいる間は『キース』と呼んでくれ」と何故《なぜ》か影を帯びた表情でそう言った。

かくして俺とフォーロックは情報収集を続けたのだが……。

「ダメだ。図書館で古い文献を漁《あさ》ってみたけれど、ジュームダレトの時代のモノが一切ない。まるで一種の情報統制でも敷かれているみたいだ」

キースは赤い髪をわしゃわしゃと掻きながらそう言う。

「俺の方もまったく同じだ。酒場で何日か聞き込みをしてみたけれど、これといった情報は得られなかったな。聞ける話は石化病とかいう流行病《はやりやまい》の話ばっかりだ」

俺も力なくそう告げ、はぁと嘆息した。

ここ数日いろいろと当たってみたが、成果は真っ白。

出てくるのはどうでもいい流行病の話ばかりでスキルクリスタルどころか、王族の末裔とやらにさえ辿り着くことはできていない。

「キース。手持ちはどんな感じだ」

「まだ大丈夫だけれど、少し厳しいかもしれない」

滞在するにも金は必要。七星隊長ともあってキースがそこそこ持っていたが、それもそろそろ尽きかけている。ギルドでクエストを受けながらというのも考えないといけない頃合いかもしれないな。

「とにかく一度冷静に状況を整理してみよう。たまには一緒に食事でもどうだい？」

そう提案してくるフォーロック。

行動する時間帯が異なるせいもあって、とりあえずこれといった情報を得られていないこと以外は互いの状況が話し合えていない。

いずれにせよフォーロックの進捗《しんちょく》のほども知りたいし、俺はその提案を受けることにした。

「ああ。そうだな」

俺はそう返事をすると、さてどこで食事をしようかと考える。

男同士だし、何を食べるかは変に気を遣う必要はない。ここの宿屋の一階の食堂で適当に何か作ってもらおうかとも考えたけど、せっかくだし気分転換に適当にぶらぶらしながら探すとするか。

俺はフォーロックと連れ立ってとりあえず二階の部屋から一階へと降りる。すると、なにやら玄関口が騒がしいことに気付いた。

「ん、なんだ？」

そちらに目を向けると、開いた扉の向こう、宿屋に背を向ける形で幾人かの人だかりができていた。

皆一様に通りに向かって手を振ったりして盛り上がっている。

「ルリエルちゃーん！」

人だかりは男女問わず、世代もバラバラだった。

しかし、皆口にするのは同じ。『ルリエル』という名を通りに向かって叫び、恐らくその名の持ち主だと思われる少女は、沿道をゆっくりと進む大きな馬車の屋根の上に立ち、人だかりに向かって笑顔で手を振っていた。

だけど、どこか元気がないように感じるのは俺だけか？

「ただいまー！」

愛嬌《あいきょう》のある声でその少女は応《こた》える。

頭の横で花のように結われた淡い桃色のツインテール。薄手の赤いドレスのような服装の隙《すき》間《ま》から見えるのは、陽光に透けて見えるほどに白い肌。そして何故か両腕には包帯を巻いている。怪我でもしているのだろうか。

首や手首、足首には金色の装飾具のようなものを着けており、全体的な出立《いでた》ちから受けるその印象はまるで……。

「踊り子みたいだな」

「みたいじゃなくて、ルリエルちゃんは踊り子なのさ」

人だかりの合間からその光景を見ていると、いつの間に横にいたのか、ガタイのいい一人のおっさんが馴れ馴れしく声をかけてきた。

「兄ちゃんたち、この街に来て日は浅いのかい？」

おっさんがそう尋ねてきたので、俺は黙ったままそうだという意味で頷《うなず》く。

「じゃあ知らなくても当然だな。彼女はこの街を拠点として活動する『ロンド芸団』のアイドルさ。『ローンダードの天舞姫《てんまいひめ》』といやぁこの街で知らない奴はいないんじゃないか？」

へぇ、ととりあえずもう一度少女を見てみる。

見たところ背丈《せたけ》は十歳の頃の俺と同じくらい。服装は確かに踊り子というものだが、彼女の顔に残る明らかな幼さから年下であることは間違いない。というか、まだ子供のように思えた。

「その踊りは魔物ですら虜《とりこ》になるほどと言われていてな。俺もファンの一人なのさ！」

「ふーん」

踊りとか、興味がないと言えば嘘になるけど、昔からそういった娯楽めいたものは禁止されてきたし、こと今に限っていえばはっきり言ってどうでもいい。

ルーシィが苦しんでいるというのに、そんなことにかまけている時間は俺にはない。

とりあえず俺の視線に気付いた少女がこちらに手を振ってきたので、目線を外して無視をする。

外した先は真横。そこには当然そのおっさんがいるわけで、自分の話に俺が興味を持ったと勘違いをしたのか、おっさんは笑顔で話を続けた。

「なんなら兄ちゃんたちも一度踊りを見てみるといい。ロンド芸団は旅興行から帰ってきたばかり。しばらくはここに滞在するはずだ。俺に言ってくれればチケットは用意するし、いろいろと解説をだな……」

「いや、大丈夫だ。あ、お前はどうする？」

俺は行くつもりはないけれど、フォーロックは興味があるかもしれない。

今回の件で協力してもらっているし、そのくらいであれば行動を制限するのも悪い気がする。

「残念だけど遠慮しておくよ。私はそういった歌舞音曲《かぶおんぎょく》の類《たぐい》には疎《うと》くてね。どうも苦手なんだ。だからラグ……ロクス、君に任せることにする」

君に任せるって……いったい何を任されることになるんだ俺は。

するとそんな俺の表情で察したのか、フォーロックが俺の耳元で囁いた。

「これは私の勘だが、どうもこの芸団、訳ありな気がしているんだ」

「訳あり？」

「あぁ。少なくとも王族の末裔については何か知っている。そんな気がしてね」

そうかなと俺が再び彼女の方を見やると、彼女が真剣な表情でこちらを凝視しているのが分かった。何故か一瞬背筋に冷たいものが走る。

「んで、あの芸団を俺に調べてほしいと？」

「あぁ。どうも彼女は君が気になっているらしい。囮《おとり》というわけではないが、知らぬ体《てい》で彼女たちを探ってはもらえないだろうか」

俺はひとまず沈黙して考える。

確かに彼女が見ていたのは間違いなく俺だ。それがどういう意味をはらんでいるのかは知らないけれど、膠着《こうちゃく》したままのこの現状を打開できるかもしれないのであれば、多少の危険はあるもののフォーロックの案はありだ。

「最後に一つだけ。勘だと言ったけれど、その根拠は？」

だけど腑《ふ》に落ちないのはそう思った理由だ。

　本人は勘だと言っているけれど、何のあてもなしに何となくで言っているのであれば聞くに値《あたい》しない。

「彼女の右耳を見てくれ」

　するとフォーロックが彼女をちょいちょいと指差しながら言う。

　彼が指し示した箇所、そこに注目してみると……なるほど、そういうことか。

「ここから彼女までの距離はかなりある。小さくて見え辛《づら》いが……」

「言いたいことは分かった。俺にもそうとしか思えない。了解した。こっちは俺が受け持つ」

　フォーロックが言う勘とやら。その理由に納得した俺はフォーロックの提案を了承した。

◇

　時間は進んで夜を迎えた。
　フォーロックと食事を済ませた後、俺は軽くロンド芸団についての情報収集を行った。
　やはり目玉であるルリエルの踊りは有名らしく、他の公演内容など一切話に出てこないほど
「ここがロンド芸団の公演場か」

だった。

一目見れば彼女しか視界に入らなくなり、二目見た時には心を奪われている。

魔性《ましょう》の力を持った彼女の踊りは、老若男女問わず魅了される……とのこと。

とはいっても踊っているのは所詮《しょせん》昼間見た少女だろう。

いくらなんでも心を奪われるなんてことあるわけがないと、半ば眉唾《まゆつば》だと思いながら俺は宿屋の女将《おかみ》に聞いた場所、ロンド芸団の公演場の前に立っていた。

「しかし、何というか、でかい酒場みたいな見た目だな」

ロンド芸団は、ここローンダードを拠点としているため、専用の公演場を持っている。

旅興行から帰ってきたその日に公演があるということも情報として得ていた俺は、探りを入れるとはいっても何からすればいいか分からないので、ひとまずその心奪われる踊りとやらを見てみようと、こうして足を運んだというわけだ。

「おう、兄ちゃん！」

不意に背後から声をかけられる。

聞き覚えのあるその声に、ため息をついて後ろを振り返ると、思った通り、そこには昼間俺たちに声をかけてきた、馴れ馴れしいガタイのいいおっさんが立っていた。

「なんでい。興味ないふりしておめえさんも好きじゃねえか」

ぐいぐいとこれまた馴れ馴れしく肩を組んでくる。別に俺は好きこのんでこんな場所に来たわけじゃない。

「いや、別に好きとかでは……」

「いいってことよ。同じ好きもんどうし仲良くしようや」

俺の言葉を遮《さえぎ》って、おっさんは俺を力ずくで受付へと引っ張っていった。

「おう、二人だ」

そう言っておっさんは銀貨を四枚取り出した。

受付のお姉さんは黙ってそれを受け取る。銀貨四枚ってことは一人一〇〇〇エールか。案外と良心的な料金なんだな。

「おっさん。自分の分は自分で払うよ」

さすがに昼間出会ったばかりのおっさんに払わせるわけにもいかない。

しかし、俺が銀貨を取り出そうとすると、おっさんはそれを制した。

「いらねえ。今日は俺の奢《おご》りだ。これでルリエルちゃんのファンが増えるなら安いもんだ。それより早くしねえといい席は埋まっちまうぜ」

ガハハハとおっさんは笑うと、俺の腕をがっしり摑みズルズルと中へ引きずっていく。っていうか痛い痛い。無駄に力が強いなこのおっさん。

中に入ると、そこは少し広めのエントランスのような場所だった。左右には簡易な木のテーブルと椅子が置いてある。客の休憩用だろうか。

慣れた様子でズンズンと通路を進むオッサンの後ろに付いていくと、やがてエントランスの数倍以上の広さの空間に出た。

大きな舞台を前にして、客席が軽く見積もっても百はゆうにある。

「お、特等席がまだ空いてるじゃねえか。ラッキーだな兄ちゃん」

「特等席？」

「おうともよ。おっとごめんよ。よっこらせっと」

おっさんは俺の腕を掴んだまますするすると人を避けていき、前から三列目の真ん中の席に陣取った。

無論、俺もおっさんの横に座らされる。

「一番前よりもここの方がよく見えるんだ。それにルリエルちゃんからも見えやすいから、たまにサービスで手なんか振ってくれたりするんだぜ」

興奮しているのか唾《つば》を飛ばしながら力説するおっさん。

汚いなと思いながらもおっさんを宥《なだ》めていると、ふっと照明が暗くなった。

「ようこそロンド芸団の公演へ」

どこからか男の声が聞こえてくる。

やがて舞台が明るくなったかと思うと、どうやら公演が始まったらしく、続々と芸人が登場し、演《だ》し物を披露《ひろう》していった。

火吹き男、玉乗りする猿、空中ブランコなどなど。これはどちらかというとサーカスというべきじゃないのか？

「さぁ、いよいよ次で最後。皆様お待ちかね、当芸団が誇る踊り子。ローンダードの天舞姫、ルリエルによる演舞だ！」

勢いよく進行役の男がそう叫ぶ。すると、舞台の袖《そで》から一人の少女が姿を現した。

「ルリエルちゃーん！」

隣のおっさんが急にそう叫ぶ。

それが呼び水となって周りの男連中からルリエルちゃんコールが巻き起こった。

昼間見た少女はそれに対し、笑顔で手を振り返す。それでまた観客、特に男たちの歓声が一《ひと》際《きわ》大きくなった。

彼女の衣装は昼間より少し露出が多いものになっていた。

胸と腰元だけを金色の装飾具で隠したような衣装。

本来であれば艶《なま》めかしいその姿にドキリとでもするのだろうが、如何《いかん》せん相手は子供だ。まだニナの方が出るとこも出ているし、心揺さぶられるものがある。

まぁ、ニナの容姿の良さについては否定しないし、むしろ可愛い部類であることは俺も認めているので、同じ衣装を着たとしたら、恐らくは彼女よりもニナの方が絶対に映《は》えるのは間違いない。

俺は頭の中でニナが踊り子の衣装を着ているのを思い浮かべ、やっぱりそうだなと頷いた。

って……、いったい俺は何を考えているんだろうか。ルリエルと同じ姿をしたニナの妄想を、首を横にブンブンと振ることで俺は追い払った。

人知れず俺が自分自身の煩悩《ぼんのう》と戦っていると、舞台の上の少女ルリエルは、両腕に巻いている包帯のうち右腕のものをするすると取り始めた。

怪我をしていたんじゃないのかと、俺の視線はそこへ吸い寄せられる。

包帯の全てを取り終えたとき、そこから出てきたのは怪我の痕《あと》などではなかった。

「タトゥー？」

黒で描かれたタトゥー。それは何かしらの生き物のように思えた。


「艶舞《えんぶ》　──桃源誘《とうげんいざない》──」


彼女は静かにそう告げると、舞台上が暗くなりどこからか音楽が流れ始める。

それに合わせて彼女は装飾具をシャンシャンと鳴らしながら踊り始めた。

白い肌の少女は、右へ左へと舞い踊る。

ほの淡い桃色のツインテールが、艶《あで》やかな光に照らされながら宙に翻《ひるがえ》る。その姿に、いつしか俺も釘付けになっていた。

目を離すことができない。

……、いやいや、別に俺にそういった特殊な趣味はなかった……はず。けれど、気付けばただ彼女のひとつひとつの挙動に目を奪われていく。

特に彼女の右腕のタトゥー。墨一色で彫られているはずであるのに、心なしか仄《ほの》かに赤く光っているように見え、その赤い光が彼女の踊りにより宙に描く軌跡が、より一層俺の心を惹《ひ》きつけた。

だんだんと視界が霞《かす》んでいく。脳内はぼやけ、何も考えることができない。

「ルリ……エル……ちゃん」

俺はただ彼女を一心に見据え、いつしかそう口に出していた。

◇

舞い終わった少女は、頬を伝う汗を軽く拭《ぬぐ》い舞台から客席を見た。

誰も彼もがだらしなく目をハートにして自分を見ていることに深いため息をつく。

今日もダメだったか……。

が、ふと一人、この街へ帰ってきたときに何故だか無性に気になった青年がいたことを少女は思い出す。興味なさそうにこちらを見ていたその青年。そういえば、さっき客席で似た風貌の人物を見かけた気がする。

ほどなくして少女は目当ての青年を見つけ、そして再び嘆息した。彼もまた他の男たちと同じようにボーっと自分の方を見ていたからだ。

少し他とは違った雰囲気を持っていたので気になっていたけれど、結局はこの青年も同じ。もしかしてついに、と期待した分、落胆も大きい。

何度も何度も諦《あきら》めかけた。

旅興行と銘打って他の土地も回り、あてを探した。けれど見つからない。何度も、何度も同じことを繰り返し、そして全てがダメだった。この力、この魅了に耐えることのできた人間は一人もいなかった。

この力が強力であることは少女も理解している。

だが、これすら凌駕《りょうが》するほどの耐性の持ち主でなければ、きっと、あいつの能力にはかなわない。

「いつになったら……見つかるのかな……」

少女は小さく呟く。微《かす》かな嗚咽《おえつ》に大きな悲しみがこもった声。

この場の誰にも、この嘆《なげ》きが届かないことなど分かっている。だけど、これ以上もはや打つ手がない、いわば手詰まり。

そんな状況のただ中にあって、少女はどうしようもなく、ただただそう呟かずにはいられなかった。

第3話 ◆ 占い師ユリス

Level Reset Chapter 3

混濁する意識。そんな中で、俺は彼《か》の日の幻影を見ていた。

「どういうこと……ですか？」

ツヴァイト家の屋敷の一室。父であるボルガノフから呼ばれた俺は、「エアリルシア王女が亡くなった」と、そう一言告げられた。

声が震える。その告げられた事実を脳が受け付けられない。

「どういうことですか！」

父の腕を掴み、言葉の真意を問う。

しかしボルガノフは目を逸《そ》らしたままそれ以上何も言わない。やがて俺は力なく両腕を下ろした。

彼女の国と俺の国が戦争を始めたのは知っていた。

国力の差が圧倒的であることも、幼いながら俺は理解していた。真っ向からぶつかってリーゼベトが負けることは恐らくありえない。

俺はすぐに戦争をやめるようボルガノフに直談判《じかだんぱん》したけれど、国王の決定には逆らえないとの一点張りで話さえ聞いてくれない。

ならばせめて王女だけは、友達の命を奪うようなことだけはしないでほしいとだけ伝えた。ボルガノフも善処すると言ってくれていた。

悔しさ、悲しさ、様々な感情が入り混じって怒りに変わる。

脳から発生した怒りの感情は、神経を伝い全身を巡り、わなわなと震える手はぎゅっと固く握られ、爪が手のひらに食い込んだ。

今回の戦争を指揮していたのは父親であるボルガノフ。であれば、彼女の処遇などいかようにもできたはずだ。

それなのに……、それなのに！

「話は終わりだ。自分の部屋に戻りなさい」

静かな声でボルガノフは告げる。

言われなくてもそうする。お前の顔なんて二度と見たくない！

俺は涙をこらえ部屋を飛び出した。

そして真っ直ぐに自分の部屋まで走る。

途中で屋敷のメイドとぶつかりそうになり、小さな悲鳴を背後に聞いた。

だけど今は彼女を気遣《きづか》う余裕なんてない。そのくらい潰《つぶ》れそうな心を抱《かか》えて、俺は自室へ駆け込んだ。


ベッドに飛び込むと、抑えていた感情が一気に溢《あふ》れ出す。


泣いた。

大声を上げて泣いた。


どれだけ泣いただろう。

気付けば窓の外がうっすらと明るくなっていた。

やがて落ち着きを取り戻した脳が、手のひらに微《かす》かな違和感を認識した。

見るとそこには血が滲《にじ》んでいた。怒りで痛覚が麻痺《まひ》していたのか気付かなかったけれど、今にして鈍《にぶ》い痛みを感じる。

「何もできなかった」

自分の無力さを呪った。

たかが八歳の少年に何ができると人は言うかもしれない。けれど、俺は自分の無力さが許せなかった。

「守れなかった……」

友達一人救えないで、約束の一つも守れないで何が神の申し子か。

いくら国始まって以来の神童といっても、肝心なところで発揮できない力なんてないに等しい。

「ラグナス様。そろそろお時間ですよ」

メイドの一人が俺の部屋を訪ねてくる。

ノックくらいしてくれよと思ったけれど、ノックをせずに入ってくるメイドは一人もいないと思い直す。多分耳に入らなかっただけだ。

どれだけ辛《つら》いことがあっても朝はやってくる。

俺は涙で腫《は》らした目を隠しながら、学園服へと着替えをはじめた。

◇

「おはよう……ってどうしたの？」

「どうしたのって？」

学園へ向かう途中。俺に挨拶《あいさつ》をしてきたのは幼馴染《おさなな じ》みのフェリシアだった。

開口一番、どうしたのとはどういう意味だろう。顔を洗って涙の痕《あと》も消したはずだ……よな。

「ううん。何だかいつもより元気がないというか……、あ、ちょっと見せて！」

「？」

「またこんな傷！　いつもいつも……」

そうぶつくさ言いながら俺の手を取るフェリシア。そういえば昨日の今日で手のひらの傷の手当てをするのを忘れていた。

「『ヒーリングエイド』」

彼女がそう唱えると、俺の手のひらの傷はみるみると消えていった。

「これでよし」

満足げな表情でフェリシアは頷《うなず》く。

「シアは大げさだな。別に初級魔法くらい俺でも使えるんだから、自分で何とかするのに」

「使えるって言っても効果はほとんどないに等しいでしょ」

「うっ」

確かに初級魔法『ヒーリングエイド』は俺でも唱えることのできる簡単な魔法だ。

ただ、何故《なぜ》か俺が使うと効果があまり発揮されない。

他の初級魔法ではそんなことはないし、魔力も低いはずはないんだけどな。

「それに大げさなんかじゃないよ。ラグはいつも傷ばっか作ってさ……」

ぶつぶつと始まった毎度おなじみのシアの説教。こうやって彼女の手当てを受けるたび、毎回毎回こうして俺は怒られることになる。


「人の話聞いてる?」

「あ、あぁ」

若干《じゃっかん》上の空で聞いていると、それを見透かされたのかしっかりそこもお叱《しか》りを受けた。

「前にも言ったかもしれないけど、どんなに小さな傷でも、大したことなくても、私は傷ついてるラグをほっとけないの。大事な、幼馴染みなんだから……」

フェリシアにしては何気ない一言だったのだと思う。

だけどそんな何気ない一言が、俺の心に突き刺さった。大事な幼馴染み、大事な、幼馴染み……。

落ち着いたと思っていた感情が再び昂《たかぶ》る。

大事な友達だからこそ、俺だってほっとけなかった。何とかしてあげたかったんだよ。

でも……、できなかった。

「ラグ？」

「ごめん、先に行く」

俺の表情を覗《のぞ》き込もうとするフェリシアを振り払い、俺は学園へ向けて走り出した。

「ちょっと！　ラグ！」

背後からフェリシアが俺を呼ぶ。

だけど今のこんな顔、フェリシアには見せられない。

俺は心の中でフェリシアに謝りながら、その場を後にしたのだった。

◇

「はっ！」

不意に我に返った俺は辺りを見回す。

横にはボーっとしたまま座っているおっさん。

他の男たちも固まったまま舞台を眺めていた。

なんだこの状況は？　というかもしかして俺自身も今まで同じ状態だったのか？

何だか嫌な夢でも見ていたかのように思うけど、記憶が定かじゃない。

もしかしたら何かしらの状態異常にでもかけられたかと不安に駆られた俺は、自分のステータスを確認してみる。

＊＊＊＊＊＊＊＊＊＊＊＊＊＊＊＊＊＊＊＊＊＊＊＊＊＊＊

ラグナス・ツヴァイト
Lv：1
筋力：G
体力：G
知力：GG
魔力：G
速力：GG
運勢：GG
SP：194
スキル：【レベルリセット】【ランダムスキル】【天下無双】

＊＊＊＊＊＊＊＊＊＊＊＊＊＊＊＊＊＊＊＊＊＊＊＊＊＊＊

状態異常にはなっていないみたいだ。

というより……、レベルリセットが発動して状態異常が治った？　確かに公演は夜遅かったし、レベルが1に戻っている状況を考えるとそれが自然か。

ステータスをそっと閉じ、改めて俺は周囲を確認する。

シンと静まりかえる場内に、身動《みじろ》ぎ一つしない観客。この異様な状況に俺も何もできないままでいると、不意に一人の男が舞台に上がった。


「これにて公演は終了。明日もどうぞお越しください」


彼がそう言った瞬間、会場中の男たちはすくっと立ち上がり、皆、統率のとれた軍隊のような動きで出口へ向かっていく。

やばいっ！　俺はそう思い、皆に合わせてさも魂が抜かれているかのように振る舞い、後についていった。

周りの朦朧《もうろう》とした観客たちに紛《まぎ》れながら俺は考える。いったい、いつの段階で俺は意識を失ったのかと。

記憶に残っているのはあの踊り子の少女だ。

彼女が不穏な踊りを始め、あの怪《あや》しげな生き物のようなタトゥーを見た瞬間、そこからの記憶が一切ない。

何かしらの状態異常にかけられたか、はたまた幻惑《げんわく》に魅入られるような術か何かか……。いずれにせよ精神的な攻撃を受けたことは間違いない。

そうすると気になるのは、いったい、何のために彼女たちはこんなことをしているのか。この街の住人たちを洗脳して何かを企《たくら》んでいる？　いや、でもそう考えると昼間のあの歓迎のされ方がおかしいし……。最悪、天下無双で無理やりにでも聞き出すか？

いやいやダメだダメだ。考えれば考えるほど訳の分からないこの状況。手がかりが何も摑めていないことに焦《あせ》っては恐らくダメだ。

ここは相手の土俵の上。現状、一分間しかまともに戦うことができない俺にとって、そこで失敗したら全てが終わる。

ここらが潮時だ。ひとまずこのまま撤退して、この状況だけフォーロックに伝えよう。

◇

「ということがあってだな」

「なるほど」

俺は何とか宿屋まで戻り、待機していたフォーロックに報告をする。

部屋の片隅に備え付けられた小さな机と丸椅子。彼はその椅子に座り、片肘《ひじ》を机へつけると、うーんと考え込んでしまった。

「悪い、何かしら手がかりが摑めたらよかったんだけどな。まんまと相手の術中にはまった」

俺はとりあえず頭を下げる。

「いや、君が無事なのが何よりだよ」

フォーロックは気にするなという表情で首を横に振った。

「それよりもますます怪しいね、あの芸団。敵でないことを祈りたいけれど……」

「そのことなんだけどな」

俺は神妙な面持《おもも》ちのフォーロックの話を遮《さえぎ》る。

「どうもあの子は、悪意があってあんなことをしているように思えなくてだな……って」

そう言いかけて、俺はふと浮かんだそんな思いを、ぶんぶんと頭を振ることで追い払う。

「いやいや、何を言っているんだ俺は」

「まだ状態異常が残っているのか？」

「いや、気の迷いだ。気にしないでくれ」

「そうか。しかしそれにしてもあの芸団の情報が圧倒的に足りないね。彼女たちの存在を知ったのも今日の今日だ」

「確かにそれは俺も思った。明日から手分けしてあの芸団について探ってみるか？」

俺がそう提案すると、フォーロックも最初からそれを考えていたのかコクリと頷いた。

「あぁ。それが賢明だろうね」

彼はそう言うと、よいしょと立ち上がり自分のベッドへと向かう。

「私は明日も図書館と、それからギルドでも聞き込みをしてみるよ。君も引き続き……」

「夜の酒場で聞き込み——だな」

俺がフォーロックの言葉を引き継いでそう言うと、「頼む」と短く彼は返した。

◇

翌日。

俺は早速、芸団の情報を収集するべく、その芸団の公演場から一番近い酒場を訪れていた。

カランカランという軽やかな鈴の音とともに開かれた扉。中は今日も一仕事を終えた男たちが大きな声で笑い合いながら酒を酌《く》み交わしていた。身なりから察するに冒険者が半分、それ以外が半分ってところか。


「いらっしゃーい」

俺の姿を確認した少し年上くらいの女性が、威勢のいい声でそう叫ぶ。彼女はそのまま客で埋まった席の合間を軽快な足取りで抜け、俺のもとへやってきた。

「お兄さん一人？」

笑顔で俺に問いかけてくる店員の女性に、俺はコクリと頷く。

「そうなんだー。でもごめんねぇ、今日はありがたいことにご覧の通りの盛況でさ。カウンターの端の方になるんだけど構わないかな？」

両手を合わせるポーズをしながら女性はそう言う。

確かに入った時にやたらと混んでいるなとは思ったけど人気店なのか？

ただまぁ、もともとカウンター席に陣取るつもりではあったし、何も問題はない。俺は再度頷くことで大丈夫という意思を伝えた。

「良かった。じゃあお席までごあんなーい」

店員の女性は嬉しそうな顔で俺を連れてそのカウンター席のへと歩き出した。

俺も何とか他の客にぶつからないよう、彼女の後をついていく。

ほどなくして席に到着すると、隣にはポツンと一人赤い髪の少女がいた。席に座り、ちらりと目を向けると、俺の目線に気付いたのかニコリと笑みが返ってくる。

俺はとりあえず会釈《えしゃく》だけしておき、カウンターの向こう側のマスターに一番軽い酒を頼んだ。

「すみません」

酒が出され、それに口をつけたくらいで隣の少女が話しかけてくる。なんだとそちらに再度目線を移すと、少女はニコニコと愛嬌《あいきょう》のある笑顔でこちらを見ていた。

「同い年くらいの人がいなくて寂《さび》しかったんですよ。ちょっと付き合ってもらえますか？」

たおやかな口調。雰囲気から察するに、歳の頃は確かに俺と同じくらいか、少し年下くらいかもしれない。

優しげな目元からはややこしそうな雰囲気は感じさせず、ただ興味があるといった眼差《まなざ》しで俺の方を見ている。

どこからどう見ても普通の女の子。少し気になるとすれば彼女が着ている白いローブくらいか。

パッと見、レベルの低いの魔術師が着るような代物《しろもの》ではない。名の知れた冒険者か、はたまたアスアレフ王国の宮廷魔術師か……、いずれにしても、ロンド芸団について何か情報を持っているかもしれない。

「俺でよければ」

とりあえず機嫌を損ねないよう微笑みを浮かべ彼女の誘いを受けた。

「良かったです。じゃあ出逢《そこ》《であ》いの記念に……」

彼女は自分のグラスを持ち上げ、ニコリと笑う。

彼女の意図を察した俺は、とりあえず自分のグラスを彼女のそれにつけた。カチンとグラスがぶつかる音が小さく響く。

「私はユリスと言います。一応、占いなんかをしているんですよ」

可愛らしい声。肩まで伸びた赤い髪を揺らしながらコロコロと笑う顔は愛嬌に溢れており、この子モテそうだなと瞬時にそう思った。

さて、彼女が名乗った以上俺が名乗らないわけにもいかないが、どうするか。ニナとの一件もそうだけれど、ロクスという名前でさえ最近は名乗ることに抵抗を覚えてきた。

適当に偽名を使って乗り切るか……と俺がユリスと名乗った少女を見た時、いや、正確には彼女の瞳を見た時、何か心の奥に変な気持ち悪さを覚えた。

なんだこれ……。少し速くなる鼓動を抑えつつ、この気持ち悪さの原因を探る。

「どうしたんですか?」

不穏な俺の様子に「?」マークを頭に浮かべ、ユリスは小首を傾《かし》げる。

そして俺はそんな彼女の姿を見つめるうち、この気持ち悪さの正体に気付いた。

「悪い、変なことを聞くかもしれないけど……」

そう一言置いて、俺は続けた。

「俺たちどこかで会ったことあるか？」

この変な気持ち悪さの正体、それは多分、既視感《きしかん》だ。

この子と会ったのは恐らく初めて……だと思う。

だけどどこか懐《なつ》かしいような、それでいて若干《じゃっかん》の恐怖すら覚える、そんな感覚が俺の心を埋めつくしている。

俺の質問に一瞬呆気《あっけ》にとられるユリス。

しかしすぐにプッと噴き出すと、手を口元に当てて笑い始めた。

「それって口説いてるんですか？」

彼女の言葉で一気に恥ずかしさが込み上げてくる。

確かにこれだけ聞くと、そう誤解されてしまうかもしれない。

「い、いやそういうつもりじゃなかったんだ。気を悪くしたらゴメン」

楽しそうに笑みを浮かべるユリスに一言謝罪する。本当にそういうつもりはないという意思を込めて。

「全然大丈夫ですよ。そうですね、残念ですけど初対面です」

目元の涙を拭《ぬぐ》いながらそう答えるユリス。

まぁ、そうだよな……、そうなんだけど何だか思い出せそうで思い出せない……。

いやいや、やっぱり何かの勘違いだ。とりあえずこのモヤモヤを無理矢理にでも封じ込めるため、俺は話題を変えることにした。


「にしても女の子が一人でこんなところにいるのは危ないんじゃないのか?」

周りは血の気の多そうな男どもばかり。この街がそこまで治安が悪くないとはいっても、不用心にもほどがあると思うのは俺だけだろうか。やっぱりどう見ても普通の女の子だし。

「平気ですよ。これでも私、結構強いんですから」

俺の言葉を受けて、ユリスはわざとらしく力こぶを作ってみせる。その際にふと見えたけれど、彼女は腰元に細身の剣を携《たずさ》えていた。

「それより、お名前を教えていただいても?」

彼女は覗き込むように俺の名前を聞いてくる。そういえばさっきのモヤモヤで自己紹介しそびれてたな。

「俺はロクス。弱いけど一応、冒険者をやってる」

俺はベルトループにつけている青色のプレートを見せながらそう言った。

偽名を思いつく暇《ひま》もなかったからとりあえずロクスと名乗ったけれど、まぁ、多分大丈夫だろう。

そんな俺のプレートを見ながら、彼女は「へぇ」と興味深そうに目を細めた。

「ちょっと手を拝見してもいいですか？」

「手？」

「占いの一種のようなものです」

彼女は半ば強引に俺の右手を取り、じっくりと眺める。

しばしその状況が続いたかと思うと、彼女は訝《いぶか》しげな様子ですっと手を離した。

「これでEランクと。なかなかに信じがたいです」

そしてポツリ、質の変わった声色でそう呟いた。

「ん？」

「ロクスさんって、相当お強いですよね」

「は？」

「何故低ランクに甘んじているんですか？　それともあえて本当の力量を隠しているとか」

急に鋭さを増すユリスの目つき。突如雰囲気が変わった彼女に、思わず冷たい何かが背筋を走る。

「なんでいきなりそんな話を？」

なおも逸《そ》らされない視線に向かい、俺は尋ねた。

「何となくです」

何となくですって……。ただ手を眺められて、いきなり強いですよねと言われても何が何だか訳が分からない。

自慢じゃないが、俺はレベル1だ。どこをどう見れば俺が強いだなんて思えるというのだろう。

それとも俺のスキルに気付いた？

いやいや、それはありえない。ステータスを見れたとして、分かるのはスキルの名前とこの低いレベルとステータスの値《あたい》だけ。

奴隷契約を結んでいたニナでさえ俺のスキルの効果を見ることはできなかったんだ。何も知らないはずの彼女がそれを見破ることなんてできるわけがない。

「俺は……別に相応のランクだと思ってる。買い被《かぶ》りすぎだよ」

何を以《もっ》てして彼女が俺を強いと断じるのかは分からない。けれどスキルの効果を加味しても俺の力量は彼女の言うように相当強いとはならないはずだ。

「そうですか……。すみません、私も変なことを言いましたね」

すると、彼女から発せられていた鋭い気配は途端に霧散《むさん》した。

「お気を悪くされたならすみません。どうか今の話は忘れていただけると助かります」

目の前には出会った時と同じ雰囲気のユリス。

まるで今の一瞬だけ何か悪い者にでも取り憑《つ》かれていたのかと思わされるほどの変わりようだった。

「あ、あぁ」

俺はひねり出すように返事をする。

今になって気付いたけれど額《ひたい》にうっすら汗が滲《にじ》んでいた。それほどの圧を感じていたってことか……。


そのまましばし二人の間を沈黙が包む。

それを唐突に破ったのはユリスだった。

「ロクスさん。石化病というのはご存じですか？」

たおやかな口調のままユリスはそう告げる。

「石化病って、確かここ最近、この街で恐れられている流行病《はやりやまい》だっていう……」

確か連日連夜の聞き込みで毎度のごとく話に上がってきた病だったはず。

何でも突如としてみるみるうちに身体が石になり、あっという間に石像と化してしまうのだとか。

　今のところ治療法はなく、伝染経路も不明と言われる奇病だとかなんとか。

「そうです」

「それがどうしたんだ？」

　確かに厄介な病気だとは思うけれど、ここで急にどうしたのだろうか。

　俺が不思議そうに見ていると、彼女はグラスの中の氷をいじりながらうつむき加減で話し始めた。

「私がこの街を訪れた時、既《すで》にここはその流行病に侵《おか》されていました。すぐさま私は占いで元凶を突き止め、この街で一番の手練《てだ》れにその元凶の排除を依頼したんです」

「元凶っていうと、何かの原因があって石化病が蔓延《まんえん》したってことか？」

「そうです。この近辺に巣食う魔物。その魔物の呪いが石化病の正体です」

　魔物の呪い。

　ルーシィにかけられたものしかり、その石化病しかり、呪いっていうものは厄介なものなんだなと俺は思った。特に街全体に効果が及ぶってどれだけだよって感じだな。

「それでその魔物の討伐《とうばつ》を依頼したと」

「はい」

　ユリスは静かに頷く。

「その方たちはお二人でその魔物の巣へ赴《おもむ》かれました。これでこの街が石化病に苦しめられることもなくなると、そう思った矢先、お二人のうちの一人がボロボロの状態でこの街に帰ってこられました。結果は失敗。連れのもう一人はその魔物の毒牙《どくが》にかかり巣の中で石像に変えられてしまったそうです」

「そうか……」

街全体に呪いをかけられるほどの魔物だ。

その手練れとやらがどれほどの力量だったかは知らないけれど、気の毒なことだな。

「最近はピタリと鳴りを潜《ひそ》めていますが、依然《いぜん》として石化病はこの街に蔓延しています。いつ何時《なんどき》、次の犠牲者が出るか分かりません。私が一人ここにいたのも魔物を倒せる強者《つわもの》を探していたからです」

そして彼女は強い意志を瞳に宿し、俺の右手を取った。

「もう一度、お尋ねします。ロクスさん、あなたは相当お強いですよね」

彼女から力強く告げられるその質問。

彼女がそれを尋ねることによって何が言いたいのか、考えなくても俺には分かった。

だけど……。

「何度も言うけど、買い被りすぎだ。俺はEランク冒険者。荷が重すぎる」

答えはノーだ。飽くまで俺がここへやってきたのはルーシィの呪いを解くことのできるスキルを手に入れるためで、この街を救いに来たわけじゃない。

ルーシィは今この時も呪いに苦しんでいるんだ。非情な話かもしれないけれど、わざわざ危険を冒《おか》して無駄に時間を費やすなんてことはできない。

「どうして……」

そう言いかけたところで、彼女は不意に話すのをピタリとやめ、何かを察したように慌てて振り向いた。

どうしたんだと俺も彼女の目線の先を見た途端、俺の視界に信じられない光景が飛び込んできた。

「うあああああっ！」

急に俺たちの背後の席で飲んでいた男が断末魔《だんまつま》にも似た叫びをあげる。彼は自分の正面を指差し、恐怖に顔を歪《ゆが》め、ガクガクと震えていた。

彼が指差す先、彼の目の前のテーブルを挟んで対面に座っている男は、そんな震える男を目の前にしてジョッキを持ったまま微動だにしない。

いや動くわけがなかった。なぜならそこにいたのは、全身を灰色へと変えた石像だったからだ。

一瞬、静寂《せいじゃく》が店内を包む。

そして誰かの悲鳴を皮切りにして、連鎖的にあちらこちらの席から悲鳴があがった。

瞬《また》く間に店内はパニック状態に陥《おちい》り、客たちはいっせいに出口へ向かって走り出す。

押し合い、圧《へ》し合い、出口から一人また一人と客が店から逃げていく。

皆一様に「石化病だ！」「石化病が出た！」と口にしながら。


俺はその光景をただ黙って見ているしかできず、気付けば客で店内に残っていたのは俺とユリスだけだった。

ユリスは固く口を閉ざしたまま、神妙な面持ちで石像を眺めている。

「お、おい……」

俺がユリスに声をかけると同時に彼女はすくっと立ち上がった。

「どこへ逃げたところで同じだというのに……」

彼女はため息にも似た呟きを一人吐き出すと、俺の方を見る。

「ロクスさん、この光景を目《ま》の当たりにしてもなお、自分には荷が重いと嘯《うそぶ》くのなら、それこそ因業《いんごう》というものです」

冷たい眼差し。

彼女から俺に向けられた言葉は、まるで先を鋭く尖《とが》らせた剣のごとく俺の心に深く突き刺さった。

「水晶の洞窟、聖獣ヒュドラ。もし気が変わられたのであればギルドの受付にそう告げてください。ささやかですがお礼はいたします」

彼女はそれだけ告げると数枚の銀貨をカウンターに置く。そして去り際《ぎわ》に再度、俺を一瞥《いちべつ》するとその場を後にした。

◇

場所は変わり、ロンド芸団の公演場。

公演が終わり、今日も演舞を披露《ひろう》したルリエルは、演舞中に覚えた違和感を舞台袖《そで》で汗を拭いながら思い返していた。

「おかしい……」

「どうしたんだいルリエル？」

ルリエルの呟きに反応したのは、近くで片づけを手伝っていた団長だった。

大きな荷物をよっこらせと舞台袖に置くと、巨体を揺らしながらノシノシとルリエルに近づいてくる。

「一人、足りない」

ルリエルは近づいてきた団長へ、違和感の理由を伝える。

「一人足りない？　どういうことだ？」

団長は訝しげな様子でルリエルを見た。

「私が昨日舞った演舞は魅了の桃源誘《とうげんいざない》。効力は数日間続く。昨日来た客の顔は、客席の区画で分けて団員皆で覚える手はずになっていたと思うんだけど……」

「そうだな。それを指揮したのも俺だし、ルリエルの舞の効力も知っている……が。なるほど、一人足りないか」

「うん」

ルリエルは頷く。

ルリエルたちが旅興行から帰ってきた翌日。

初日から艶舞《えんぶ》で種を撒《ま》き、それを見た者たちがもう一度公演場へとやってくることを確認しているのだけれど、どうやら一人足りないことにルリエルは気付いた。

魅了は言わば状態異常に等しい。

種を撒いた者たちは、例に漏《も》れず毎日毎日公演に通うこととなる。そこから逃れるとすれば……。

「私の魅了から脱した？」

「馬鹿なっ。そんなことは」

「私もそう思う。だけどっ！」

信じられないがそう考える他ない。

昨日見たあの青年。一際《ひときわ》気になっていたからこそはっきりと顔も覚えている。

彼は確かに今日いなかった。だとしたら、彼こそが私の探していた……。

「団長！」

ルリエルは希望に満ちた目を団長に向けた。

「やれやれ。ルリエルの言いたいことは分かっているよ。その者の特徴は覚えているね」

コクリとルリエルは頷く。

ようやく見つけた可能性。これで、これでやっと悲願が達成される。

待っていて、姉様。私が必ず助け出すから！

第4話 ◆ 王族の末裔

「マスター、お勘定」

「二五〇〇エールです」

俺は一〇〇〇エール小金貨二枚と五〇〇エール銀貨を一枚マスターに手渡す。

占い師ユリスと話をしてから数日後。

結局、俺はユリスの話を受けげず、再び情報収集に勤《いそ》しんでいた。とはいっても収穫は引き続きゼロ。得られる情報は先日発生した石化病のことばかりだ。

ちょうどの金額を支払った俺は、少なくなってきた財布の中を見てため息をつく。

最近はフォーロックがギルドで仕事を請け負《う》うようになり、ギリギリの生活は保てている。が、いつまでこれが続くのか……。ユリスの言う魔物退治を受ければ相応の報酬が貰《もら》えるのだろうか……。

そんなことを考えながら俺は酒場の扉を開け、外に出た。わずかに冷たい空気が火照《ほて》った顔を冷やしていく。

「ちょっと遠回りして帰るか」

俺は酔い冷ましに少し散歩して帰ることにした。

あえて裏手の方へ。暗がりの道を俺はゆっくりとした足取りで進んでいく。

夜ということもあってかやはりこの辺りは人気《ひとけ》を感じない。だからこそ、どんなに気配を殺していても、複数人の俺を狙う視線には嫌でも気付いてしまう。

「ここなら人目はないぞ。姿を見せたらどうだ？」

暗がりへ向け俺はそう言う。

すると、闇の中からローブ姿の輩《やから》が数名姿を見せた。

「いつから気付いていた？」

その中の一人が俺にそう尋《たず》ねてくる。声からして男だということが分かった。

「酒場を出たあたりからは分かっていたな」

「なるほど。見立ては正しかったということか」

どうも褒《ほ》めてくれているみたいだけど、これもスキルのおかげなので面映《おもは》ゆい。


＝＝

サーチ

発動した瞬間、指定した範囲の状況が分かる。

＝＝

このスキルがあれば、周囲の様子など手に取るように明らかだ。

発動回数に制限はない。酒場を出た瞬間に発動させた時、物陰に数名潜《ひそ》んでいるのが確認できた。

こんな遅い時間だというのにもかかわらずそんな場所に数名たむろっていれば、馬鹿でも誰かを待ち伏せているだろうというのは推察できる。

まぁ、俺には関係ないだろうと高を括《くく》っていたけれど、俺が歩き出すのと同時にそいつらが動き出すのも分かった。

俺が歩く方向へ付いてくるその不審者たち。そいつらの狙いが俺だというのはそれだけの情報で理解ができた。

「んで、あんたらは俺をどうするつもりなんだ？」

俺は目の前のローブの輩に向けて、圧を込めて言い放つ。

「手荒な真似はしたくない。我々と一緒に来てもらおうか」

「断ったら？」

「手荒な真似をさせていただこう」

ローブの男たちは俺を取り囲むようにして輪の形になる。俺はそれを確認していつでもスキルを発動できるよう構えた。

もう一度敵の人数を確認する。

大柄なローブが六人、小柄なローブが一人。

力量は分からないけれど、いくらスキルを使用したとはいえ、随分《ずいぶん》と下手《へた》な尾行から察するにどうもその道のプロではないと考えられる。

となれば、さしずめ誰かから差し向けられたチンピラ集団といったところか。それならば、天下無双を使えば一分でも長いくらいだ。

「じゃあはっきり言う。お断りだ」

俺は天下無双を発動させるとともにそう断言した。

「仕方がない。皆かかれ」

男の指示でローブの輩数名が俺に襲い掛かる。

俺は体中に力が湧き上がるのを感じると、敵の姿を視界にとらえた。

スローモーションのごとく遅い動きで迫る敵に少し安堵すると、俺は地面を蹴り、まずは近くにいたローブAに軽く蹴りを入れた。

間髪《かんはつ》を容《い》れずローブB、C、D、Eと次々に軽く打突を入れていく。

そして最後に指示を出していたローブの男に少し強めの蹴りを入れた。

時間にして五秒も経《た》っていない。彼らは一瞬にしてその場から吹き飛び、近くの建物の壁に打ち付けられていった。

「残るはお前だけだな」

俺は残った一番背の低いローブの輩に向けてそう言い放つ。

そいつはたじろぎ一歩後退するが、何かに背を押されるかのように踏みとどまると、ぐっと拳を握り、臨戦態勢を取った。

この状況でやる気を見せるなんて、敵ながらなかなかの根性だ。

そしてそいつは邪魔だとばかりにローブを取る。

「お前は……」

そこにいたのはあの日、俺に妙な状態異常をかけた踊り子の少女。

そんな小柄な少女が、鋭い眼光を俺に向けていた。

ローブを取った彼女は以前のような踊り子の格好ではなく、青色の武道着に身を包んでいた。

そして彼女は左腕の包帯を外しながら叫ぶ。


「熱吼《いきりぼえ》」


彼女はその声とともに両の手のひらを自らの前方に構える。

その構えられた両の手のひらからは、青色の闘気が発せられ、それは瞬時に大きな気の塊《かたまり》となり弾《はじ》けた。

突如として両耳にけたたましい獣の雄叫《おたけ》びが轟《とどろ》く。

周囲の空気はビリビリと震動し、耐えきれず俺は両耳を押さえ、片目をつぶった。

闘気は霧散《むさん》しているはずなのに、未《いま》だに脳内にはけたたましい咆哮《ほうこう》が残響となって尾を引き、方向感覚が狂わされる。

三半規管が麻痺《まひ》したのか、視界がぐらつき激しい吐き気に襲われた。

「ちっ」

軽い舌打ちをしつつ、俺は片膝《ひざ》をつく。

天下無双は確かに大きくステータスを上げるスキルだけれど、状態異常といった物理面以外への攻撃に耐性はない。
そんなふうに俺が彼女の攻撃に苦しんでいる間、彼女は俺に襲い掛かるでもなく、右へ、左へと何かしらのステップを踏んでいた。クルリと回ったり、まるで踊っているかのようだ。人を馬鹿にしているのか？

「闘舞《とうぶ》　━━砥爪《とぎづめ》━━」

そう告げた彼女は踊りをピタリとやめ、不意に飛び掛かってくる。見れば、彼女の五指の爪は青白い光に包まれ、獣のそれのように伸びていた。
俺は何とかアイテムボックスから剣を取り出すと、襲い来る彼女の爪をそれで受ける。キンという金属音が周囲に響くとともに、ズシンと手に重さを感じた。

「虎龍四十連華《こりゆうしじゆうれんげ》　━━斬切舞《きりぎりまい》━━」

彼女はそのまま俺に対し連撃を開始する。
天下無双のおかげで速さはそこまで感じないが、剣で受け続けるといった防戦一方では埒《らち》が明かない。

平衡感覚がわずかに戻ってきたところで、俺は彼女の一瞬の隙《すき》をつき、剣で拳先を左に逸《そ》らして、空いた右側から軽く蹴りを叩き込んだ。

「っ!?」


空《くう》を切る俺の蹴り。

蹴りが当たった感触は俺の脚にはなく、目の前にはユラユラと揺らめく彼女の姿だけがあった。

一瞬何が起こったのかが分からず、ただ霧《きり》のように消える彼女を見ていると、背中に重い衝撃が走った。

「なにが……」

起こったのか……、そう考える暇《ひま》もないままに背中へ続けざまに走る衝撃。

俺は地を蹴り、背後にいる何かから距離を取った。

そこには先ほど霧のように消滅したはずの、尖《とが》った青白い色の爪を携《たずさ》える少女。

「硬い……。この爪で引き裂けないなんて」

彼女は信じられないといった表情でこちらを見ていた。

なるほど、背中の衝撃はあの爪での攻撃だったのか。本当に天下無双さまさまだと、ゴクリと生唾《なまつば》を飲み込む。

しばし黙した間、対峙《たいじ》する俺と彼女。とはいえ、天下無双もそろそろ終わりの頃合いだ。決着を付けるか。

「もうあれを舞うしか――」

そう言って彼女はするすると右腕の包帯をほどき始めた。あの右腕のやつは確か舞台での舞の時にも外していたはず……。


「て……」

「悪いな」


まずいと思った俺は力強く地を蹴り、瞬時に彼女との距離を詰める。

そして彼女の鳩尾《みぞおち》へと拳を入れた。

さすがにこれ以上状態異常で戦闘を長引かされると天下無双の効果が切れてしまう。

彼女には気の毒だけれど少しだけ本気を出させてもらった。それでも手加減はしたし悪く思わないでほしい。

っていうかそもそも襲われていたのは俺の方だし、俺、悪くなくないか？

彼女はそのままダランと力なく俺の胸へと倒れ込んできた。

それと同時に俺の身体からはゆっくりと力が抜けていく。ギリギリ間に合ったってところか。

俺は彼女を地面に横たえると、ゆっくり辺りを見渡す。俺を襲った連中は皆気絶し、すぐさま起き上がる気配はない。

「このまま帰るのは簡単だけれど……」

俺は再び目の前の少女に視線を落とした。

やはりこのような少女が理由なく人を襲うようには思えない。それにと俺は彼女の耳元に目を向ける。

「……」

◇

「というわけだ」

「どういうわけだ。まぁ状況は膠着《こうちゃく》していたし、当の本人から話も聞けるのはよし……か」

フォーロックはそう言って彼女の右耳を見た。

そこには小さなイヤリング。先には球体をちょうど真っ二つに割ったような煌《きら》びやかな宝石が付いている。

「やはりスキルクリスタルだね」

フォーロックは確信していたとばかりに頷く。

あの時、俺に密かに耳打ちしてきたフォーロックが最初に気付いたこと。それは彼女の右耳につけられたイヤリングがスキルクリスタルではないかということだ。遠目で分かりにくかったし、フォーロックに言われるまで俺も気付かなかった。

「それで、修得できたのかい？」

フォーロックは期待を込めた眼差《まなざ》しで見てくるが、俺は首を振って否定した。

「そう思ってスキルを修得しようとしてみたけど無理だった。多分半分に欠けているのが原因だと思うけれど、とりあえず俺を襲った理由と併せて諸々《もろもろ》の話をこいつから聞き出そうと思ってな」

エリクサーさえ修得できればこの街に用はない。彼女が気を失った後修得しようと試みたけれど、結果はまったく反応なし。さっきも言った通り、球体だと思われるスキルクリスタルが半分に欠けていることが原因だろう。

「それで連れてきたわけだね。なるほど」

フォーロックは納得といった表情で頷く。

「それで、これから彼女をどうするんだい？」

「起きたらとりあえず拘束した上で俺を襲った理由を吐かせる。ついでにスキルクリスタルの話も聞けたら御《おん》の字だな」

「敵かもしれないとはいえ、相手はまだ子供だ。手荒な真似はあまり感心しないが？」

「女を、まして子供を痛めつける趣味は俺にもねえよ。ただ、まぁその辺は相手次第……」

「ん……」

俺とフォーロックがそんな話をしていると、少女が小さな声を上げげた。俺はすかさず『アースバインド』を発動させ、彼女の手と足を拘束する。

「ここは……」

そして彼女の目がゆっくりと開かれる。

彼女は視界に俺を入れるや否《いな》や、顔面を蒼白にして起き上がろうとした。この場から脱するべくもがくけれど、手足が拘束されていることに気付き、すぐに苦々しい顔になる。

「お目覚めか」

俺はそう語りかけながら彼女に近づく。こうしてみると俺の方が悪役っぽいな。

「私を……、いったいどうするつもりですか」

彼女は弱々しい声を絞り出しながら俺をキッと睨《にら》んだ。

俺は頭を掻きながら嘆息する。だからそんな感じで言われると俺の方が悪役っぽくなるんだって。

「どうするつもりも何も、元はと言えばお前らの方から襲ってきたんだろうが。そっちこそいったいどういうつもりだ？」

「……」

俺の問いかけに対し、彼女は返答しない。ただ下唇を強く噛みしめ、うつむく。

「……。答える気がないならその件はとりあえずどうでもいい。それよりも気になるのはお前のその耳についているもんだ」

そう言いながら俺は彼女の右耳を指差した。

「それはスキルクリスタルだろ？　どうしてお前が持っている？　お前はいったい何者だ？」

「これは……」

彼女は自分の右耳のそれを揺らしながら俺を見る。そして意を決したかのように口を開いた。

「あなたを見込んでお願いがあります」

「は？」

「私の魅了を凌《しの》ぎ、あまつさえ集団での夜襲をも一蹴《いっしゅう》したその強さ。どうか私に力を貸してもらえませんか？」

「いやいや待てって。どうしていきなりそんな話になるんだよ。それに俺の質問は……」

「どうして私がスキルクリスタルを持っているのか、私が何者なのか……、でしたよね。それを話したら私に協力してくれますか？」

彼女は真っ直ぐな眼で俺を見つめてくる。協力って……、俺にいったい何をしてくれっていいうんだ？

「……協力できるかどうかは話次第だ」

「分かりました。それで構いません」

彼女はいささか納得していないようだったけれど、コクリと頷く。

俺はそれを確認して、恐らくは派手な抵抗はしないだろうと思いアースバインドを解除し、再度質問を投げかけた。

「んで、結局お前は何者なんだ」

「私は……」

そして彼女はゆっくりと口を開いた。

「私は、ルリエル。ルリエル・ジュームダレト。かつてこの地を治めていた王族、ジュームダレトの末裔《まつえい》です」

「ジュームダレト。なるほどな」

その可能性を考えてはいた。スキルクリスタルを持っているのだから、もしかしたらこの子が王族の末裔ではないのかと。

「はい。このスキルクリスタルも私たち王族が受け継いでいるものです。今は半分に割れてしまっていますけど……」

　彼女は右耳のそれを取り外し、手のひらに乗せると寂《さび》しそうにそう告げた。

「私の他にもう一人、王族の血を引く者がいます。それが私の姉であるリリエル・ジュームダレト。幼くして両親を亡くした私たちは、ロンド芸団の団長に拾われ、私は踊り子として、姉は歌い手として育てられました。その後は特に何もなく、私たちも幸せに過ごしていたのですが……」

　そこまで話したところで、ルリエルの顔色は曇り始める。

「二カ月ほど前になります……。このローンダードに石化病という疫病が流行《はや》り始めたんです。その名の通り、かかった者は瞬時に石像と化してしまう病《やまい》なんですが……」

「また石化病……」

　するとフォーロックが訝《いぶか》しげな様子で何かブツブツと呟《つぶや》き始める。

「どうしたキース？」

「……ん、いや……。すまない、恐らく気のせいだと思う。話の腰を折って悪かった、続けてほしい」

　フォーロックは何か気にかかることを頭から締め出すように首を横に振ると、ルリエルに続きを促した。その様子に何か引っかかるものを感じるが、今は話の続きを聞く方が先決だと判断し、俺も無言でルリエルに続きを促す。

「原因不明の病だったらしく、この街の医者もお手上げ状態だったんです。石化病は前触れもなく突如として発症するので、皆がその病に怯《おび》えながらの生活を余儀なくされました。そんな時一人の女性がこの街を訪れたんです」

「一人の女……」

やはり何かを気にかけているようにフォーロックは再度呟く。

ルリエルはフォーロックのそれを少し気にした様子だったけれど、彼が何も言わないのを確認して続きを話し始めた。

「その女性は自分は旅の占い師だと言いました。彼女は自身のその占いで、石化病の原因を特定してくれたんです。原因はこのローンダードにほど近い水晶の洞窟に巣食う水蛇ヒュドラ。このヒュドラの呪いこそがローンダードに石化病をもたらしていたんです」

「水蛇ヒュドラの呪い？　ヒュドラといえば聖獣だろう？　彼らがそんなことをするはずがないと思うんだが……」

キースは疑わしげにそう呟く。

確かニナもアスアレフのギルドマスターと話をしていた時にそう言っていた。その土地の守り神である聖獣は、滅多《めった》なことでは人に害を為さないと。それよりも旅の占い師、聖獣ヒュドラって……。

「もしかしてその旅の占い師ってユリスさんのことか？」

「ユリスさんをご存じなんですか？」

俺が尋《たず》ねると、驚いた様子でこちらを見るルリエル。

「酒場で偶然会ってな。ほら、この前、石化病が発症した酒場。石化病について調べあげているなら知ってるだろ？　そこに俺とユリスさんも偶然いたんだよ。その時、聖獣ヒュドラを討《とう》伐《ばつ》してくれって頼まれたりもしたな」

結局拒絶する形にはなってしまったけれど。

「その話、私は聞いていないぞ」

するとフォーロックがずいとこちらへ身を乗り出してくる。そういえばタイミングが悪くて伝えてなかったっけな。

「ちょっと前の話だしな。いつか話そうと思っていたんだけど、悪い。会えるタイミングが少なくて話せてなかった」

フォーロックは昼間、俺は夜と活動する時間帯が違うこともあってかなかなか話す機会がなかった。まぁ、たまたま今話せたのでちょうど良かったのかもしれない。

「ということはあれか。ユリスさんがヒュドラの討伐を依頼した手練《てだ》れっていうのは……」

「あ、多分私と姉様のことです」

「なるほどな」

何となく話が見えてきた。

「どういうことだ?」

ユリスさんの話を聞いていないフォーロックが「?」マークを浮かべながら俺とルリエルの顔を見比べている。

俺はルリエルに続きを話すよう目線で促した。

「そもそもヒュドラが呪いを振り撒《ま》いた原因なのですが、石化病が流行《はや》るより前、腕に覚えのある冒険者が何も知らず水晶の洞窟へ入り、水蛇ヒュドラの子供を一匹仕留めてしまったという事件があったんです」

「それで怒り狂って呪いをこの街に振り撒いた……と」

怒り狂って暴挙に出た……、ね。

あまりにもあのクソ猪の時と状況が酷似していることに俺は思考を巡らせながらルリエルの話を聞く。

「はい。そこで私と姉が水晶の洞窟に赴《おもむ》き、歌と踊りでヒュドラの怒りを鎮《しず》めるという案が持ち出されました。ローンダードギルド直々《じきじき》の依頼ということもあって、無下《むげ》に断ることもできず、私たちはそれを受けることになり、二人きりで水晶の洞窟に向かったんです」

「女の子二人だけでそんな危険な場所に向かわせるなんて……。ギルドやその占い師とやらはいったい何を考えているんだ」

フォーロックはぐっと拳に力を込めながら近くの壁を叩いた。ドンという音とともにパラパラと天井から土埃《つちぼこり》が落ちてくる。

「キース。気持ちは分かるが今は深夜だぞ」

「あ、ああ、そうだな。すまない」

ルリエルはそんな俺たちを見てクスッと笑うと、「ありがとうキースさん」と礼を言い、話を再開した。

「水晶の洞窟の中はやけに静かで、私たちは何かに引き込まれるように最奥部《さいおうぶ》まで進みました。そこには一匹の巨大なヒュドラが、まるで私たちが来るのを分かっていたかのように待ち構えていました」

そこまで話したところで、フッとルリエルの表情に影が差し、彼女は口をつぐんでしまう。

「話すのが辛《つら》いなら強制はしないぞ」

「いえ、大丈夫です……」

彼女は大きく深呼吸をすると、意を決した様子で口を開いた。

「私たちは歌と舞をヒュドラに披露《ひろう》しようとしました。その時だったんです。急に悲鳴があがったかと思うと、一瞬にして姉が石化してしまったんです」

そしてルリエルは震える身体を両腕で抱きしめながらうつむいた。

「そこからはあまり記憶にありません。あまりの恐怖に必死で逃げたとことだけは覚えていますが、気が付いたときにはベッドの上でした。後で団長に聞きましたが、このローンダードの街の入り口で倒れていたところを、通りすがりの冒険者の方が見つけてくださったそうです」

そして大きくルリエルは息をつくと、何とか顔を上げる。

明らかに血色が悪くなっているのを見るに、相当なトラウマとなっていることを感じさせられた。

ユリスさんの話にもあったボロボロになって帰ってきた二人のうちの一人。それがルリエルなのだろう。


それからもゆっくりながらルリエルは語ってくれた。

彼女が事の顚末《てんまつ》を団長に話したところ、それがギルドにも伝わり、責任を感じたギルドがルリエルの救出の依頼を出し、救援部隊が結成されたものの、その部隊は一人として帰還しなかったこと。

何度かそれが行われたが全て失敗に終わり、やがて誰もその依頼を受けなくなったこと。

業《ごう》を煮やしたロンド芸団は、旅興行という名目で各地を回り、自分たちで協力者を探し始めたこと。

その際にルリエルの魅了状態にする舞で、状態異常に耐性のある者がいないか試していたこと。

結果として状態異常に耐性を持った冒険者はおらず、途方に暮れたままローンダードへ帰還したこと。

　ダメもとで行ったローンダードでの公演で、俺が魅了から逃れていたことに気付いたこと。

　そして力量を確かめるため、夜襲を仕掛けたことを。

「もうあなたしか……、あなたしか姉を助けられる人はいないんです。どうか私に力を貸してください！」


　涙ながらに彼女は訴えてくる。

　その瞳から彼女が嘘をついているわけではないことは察せられた。

　ユリスさんとの話とも合致《がっち》するし、恐らく今まで語ってくれた内容は本当のことなんだろう。となれば、ヒュドラの石化能力も全て事実ということになる。

　問題は俺が状態異常に耐性を持っているとこの子が勘違いをしていることだ。

　飽くまで俺が魅了から逃れられたのは、日付変更によるレベルリセットの効果に過ぎない。

　実を言えば、石化に対する備えはあるのだが、石化を完全に防げるわけではないらしいので、俺にとってもそれ相応のリスクはある。……が、そのリスクを負ってでも彼女に協力をせざるを得ないかもしれないことを俺は確認する必要があった。

「なあルリエル。一つ聞きたい」

「はい……」

「さっきスキルクリスタルは半分に割れていると言ったけれど、もう半分はどこにあるんだ？」

そう、俺の当初の目的はこのスキルクリスタルにある。

半分に割れたスキルクリスタル。もう半分は俺の予想が正しければ恐らくは……。

「もう半分は、私の姉が持っています」

やはりか。

避けられる厄介事は避けたいところだったけれど、そういうことであればもはや仕方がない。

「分かった。協力する」

俺ははぁ、と大きく嘆息した。

「本当ですかっ！」

彼女は目を輝かせながらこちらへ近づき、俺の手を取った。

「本当に、本当に……」

「本当だから落ち着けって」

俺は何とか彼女を宥《なだ》めながら再び息をついた。

当初の目的であるスキルクリスタルの半分がそこにある以上、俺たちはこの子に手を貸すしかない。

それで果たして新たなスキルが修得できるかどうかは定かではないけれど、こればっかりはやってみなければ分からない。

そうと決まればこれから行動をともにする以上、彼女の勘違いを現時点で正しておく必要があるな。

「協力はするけど、一つだけ伝えておくことがある」

何でしょうと彼女は小首を傾《かし》げた。

「君は俺に状態異常が効かないと思っているかもしれないけれど、それは勘違いだ」

そして俺はあの夜に起きた出来事を包み隠さず彼女に話した。

ついでにレベルリセットの能力や虹スキルのことも、俺たちが何故このローンダードへやってきたかの目的も。

「そうだったんですね……」

ルリエルは少し残念そうな顔で微笑む。無理もない。ようやく見つかったと思った解決の糸口だったんだろうからな。

それは俺としても悩ましい問題だ。協力したはいいものの、実際にヒュドラを眼前にして全員石化で即全滅なんて笑い話にもならない。いやまぁ、これがある限り一人は大丈夫なんだろうけど。

そういえば借りっぱなしだったな、これ。

「なぁ、キース。借りてたこれ返しておくぞ」

俺は左手の中指にはめていた指輪を外すとフォーロックにそれを渡す。

ロンド芸団を調査すると決まったあの日、俺はフォーロックからこの指輪を借りていた。何でも石化病に関して少し気になることがあるらしく、念のため付けていてほしいとフォーロックから半ば強引に渡されていたものだ。

「あぁ、防石の指輪だね。彼女の話を聞く限り私の考えは杞憂《きゆう》だったようだ」

受け取ったフォーロックは安心したようにそう言う。

ルリエルが何だそれと尋ねてきたので、フォーロックに説明を促した。

「防石の指輪？」

「これはその名の通り石化を防ぐ指輪だ。まぁ、故《ゆえ》あって知り合いの行商人に頼んで仕入れたものになるんだよ。念には念をとロクスに渡していたんだ」

あまり話したくない内容だったのか、何だか答え辛《づら》そうにキースは頬を掻きながらそう言った。

確か俺の時には身内に似たようなスキルを持つ者がいてとか言っていたけど、まぁ、人には触れられたくない事情もあるだろう。

さて、と俺はルリエルの方へ目線を戻すと、何やら強い眼差しで彼女がこちらを見つめていることに気付いた。

「ん？　どうかしたか？」

「今、ロクスって呼ばれてましたよね？」

「ああ。そうだな」

そういえばまだ名前は彼女に教えていなかったか。とはいえ、ギルドで使っている偽名なんだけどな。

「自己紹介がまだだったな。俺はロクス。んで、こっちがキースって言って……」

「もしかして、ロクス・マーヴェリックさんですか？」

急にテンションが上がって尋ねてくるルリエル。

何事かと思ったけれど、へぇ、この子もロクス・マーヴェリックを知っているのか。

「残念だけどロクスというのは偽名で本名じゃない。その名前自体はロクス・マーヴェリックから拝借したけど」

俺がそう言うと、ルリエルは「あはは、ですよね」と残念そうに笑った。

「それよりもロクス・マーヴェリックのことを知っているんだな」

俺はルリエルにそう投げかける。

ツヴァイトの家の者を除いて、俺の周りではその著者を知っている奴は少なかった。正確には二人いたけれど、そのぐらいマイナーな作家だ。

「昔読んだんですけど、内容がとても印象的だったので今でも覚えています。確か『愚者フィナルの冒険』でしたよね？」

そうそう、確かそんなタイトルだった。

表紙はボロボロで、古臭《ふるくさ》くて読む気はしなかったけれど、俺の父親だった奴が「必ず読め」とうるさく言うものだから、仕方なく読んだんだ。内容は終始暗めで、あまり面白くなかったから詳しくは覚えていないけれど。

「ロクス・マーヴェリック……か。聞いたことがない……いや、うちの蔵書にそんな著者の本があったかな……？」

フォーロックが何かを思い出しながらぶつぶつと何かしらを呟いている。

「んで、俺がロクス・マーヴェリックだと何か都合が良かったのか？」

「い、いえ……。その『愚者フィナルの冒険』って、ヒュドラ退治の物語じゃないですか」

「ヒュドラ退治？　そうだったか？」

記憶の糸を手繰《たぐ》る。

詳しい内容は覚えていないもののヒュドラ退治の物語ではなかった気はする。

確か悪政を強《し》いる暴君を倒す話とかじゃなかったか。ヒュドラのヒュの字も出てきてないと思うけれど。

「そうですよ！　私子供の頃に何度も読んで覚えていますから」

自信満々にそう告げるルリエル。

ま、まぁ、俺は内容をほとんど覚えてないし彼女がそう言うのならそうなんだろう。でも何だか違う気がするような……。

「フィナルと白髪の吸血鬼、そしてフィナルがローンダードで出会った踊り子。三人が悪戦苦闘しながらヒュドラを倒す場面は手に汗握りました」

興奮が抑えられないのか鼻息荒く語る彼女。よっぽど好きなんだな。

「なので、ヒュドラ退治をモチーフにした話を書かれている方であればヒュドラの倒し方を知っているのではないかなと思った次第です」

「ちなみにその物語でフィナルはどうやってヒュドラを倒したんだ？」

作中に倒し方が書かれているのなら何かの参考になるかもしれない。するとルリエルはふふんと胸を張って答えてくれた。

「フィナルが自身のステータスをスキルで爆発的に上昇させて、こう、拳で一撃です」

パンチを繰り出す仕草をするルリエル。全然参考にならなかったな。

「まるで君の天下無双みたいだね」

フォーロックが笑いながらそう言う。

まぁ、確かに俺の天下無双もステータスを一時的に向上させるスキルだし、一緒と言えば一緒か。

というか結局それだと今までと変わりない戦い方にはなるが、一番手堅い作戦だ。

水晶の洞窟に行くということは、ヒュドラと対峙《たいじ》するということ。

それはつまり石化の危険性が伴うという話。となれば水晶の洞窟に向かい、ヒュドラと戦うのは必然的に俺一人ということになる……か。

「じゃあ今回は俺が一人で……」

「だけれど、だ」

俺が水晶の洞窟へ一人で向かう。そう宣言しようとした時、不意にフォーロックが真剣味を帯びた表情で言った。

「それは敵が一分で全滅するという状況にあればという話。第二、第三と敵が潜伏していた場合、天下無双の効果が切れた君で太刀《たち》打《う》ちできない」

それに……とフォーロックは続ける。

「道中はどうする？　そもそも君一人では水晶の洞窟の最奥部まで辿り着くことさえ困難じゃないか？」

ぐっ、と俺は言葉に詰まる。

確かに大猪討伐戦やリュオンとの戦いでは、ニナやフォーロックがいてくれたからこそ何とかなったところはある。

「それはそうだけど……。じゃあどうするっていうんだ？　指輪だって一つしかないんだぞ」

皆で挑みたいけれど防石の指輪は一つだけ。つまり石化を回避できるのも一人だけということになる。

「この指輪は君が持っていてくれ。その上で私も君に同行しよう」

フォーロックはそう言いながら、再び俺に防石の指輪を渡してきた。

「お前こそ何言ってるんだ？　俺の話聞いてたか？」

指輪なしに同行するということは常に石化の危険性がつきまとうということ。それを承知で言っているのであれば、そんな自殺行為に何の意味があるというのか。

「キースの指輪で石化を回避できるのは一人。ということは、自然的に水晶の洞窟へ向かうのは一人に限られるということになる。だとしたらその役目は――」

「ロクス。自分だと言いたいんだろう」

俺の言葉に割り込む形でフォーロックがそう言う。

「君の話はもちろん聞いていた。その上で私は君に懸《か》けようと思う」

「俺に懸ける？」

一体何を懸けるというのか。仮に命だとでもいうのなら、俺はそんな重いもの背負いたくはない。

「君のスキル『エリクサー』にだ。『エリクサー』とはどんな状態異常でも治すスキル。額面通り受け取るなら、その能力さえあれば、仮に私が石化したとしてもすぐに治すことができるだろう？」

「そうかもしれない……、けどよく考えてみろよ。スキルクリスタルは二つに割れてるんだぞ。俺が修得できなかったらどうするつもりだ？」

「そうなったら、君は天下無双を使って洞窟から離脱をしてほしい。そして本物の霊薬エリクサーを見つけて私を助けてくれ」

真っ直ぐに俺の目を見つめて話すフォーロック。その表情に嘘偽《うそいつわ》りなどはなく、真に俺を信じているという意志が込められていた。

「おま、何言って……。霊薬エリクサーといえば、あるかどうかも分からない伝説上の薬だぞ？　それを探し出せって本気か？」

「冗談で言っているように見えるか？」

フォーロックはそう言いながら再度真剣な眼差しを俺に向けてくる。

当然冗談で言っているとは思えないその瞳に、俺はどうしてという気持ちのみが湧き上がってきた。

確かにルーシィはフォーロックの持ち馬であることには変わりない。だけど話を聞く限り、ルーシィは彼の言うことを聞かないじゃじゃ馬だったはずで、特段の思い入れがあるようには受け取れなかった。

対して、俺にとってルーシィは、一番辛かった時期に俺の傍《そば》にいてくれた大事な存在だ。

だからこそルーシィが苦しんでいるのなら、俺にできることであればなんだってしてやりたいと思っている。

それこそ水晶の洞窟へ一人で乗り込むことなんて何とも思わないぐらいに。

「何故って顔をしているね」

そんな俺の考えが表情に現れてしまったのか、フォーロックは俺を見ながらクスリと笑った。

「理由は聞かないでほしい。決して褒められたものではないし、君を怒らせることも今はしたくない」

俺が怒る？　どういう理屈でそういう結論になるのかますます頭がこんがらがりそうだ。

だけどフォーロックがそう言うなら、これ以上聞くのはやめておこう。嫌がる相手にしつこくする趣味は、俺にはないからな。

「あの……、私も行きます！」

すると、俺とフォーロックのやり取りを聞いていたルリエルも、意を決した声色でそう叫ぶ。

「いや、だからお前もさっきの話を……」

「聞いてなかったわけじゃないです。確かに今でも怖いのも確かです。でも、自分の身内を助けてもらうのに、ただ指を咥《くわ》えて待っているだけなんてできません。それにこのスキルクリスタルの半分がなかったら、姉様のスキルクリスタルを使っても、そのスキルは手に入らないんでしょう？　私、このスキルクリスタルを他人に預けるなんてしませんから！」

その絶対に引かないといった表情に俺は嘆息する。

フォーロックといい、ルリエルといい、どうしてどいつもこいつも……。

「さっきも言ったけれど、石化されても元に戻してやれる保証はない。それにヒュドラの強さも未知数だ。それでもか？」

「覚悟の上です。それに私には師匠から教わった拳法と、代々王族に受け継がれる舞がありますから。そこそこ強いんですよ、私」

ルリエルは自身満々といったようにドンと胸を叩いた。

確かに天下無双がなければ俺では歯が立たなかったのは確かだ。この様子だともはや何を言っても無駄なんだろうな。

「はぁ、分かったよ。それじゃあこの三人で向かうとしよう」

「ああ」

「はいっ！」

俺がそう言うと、二人は息を合わせたように返事をした。

「三人でヒュドラ退治なんて、まるで本当にフィナルの冒険をなぞっているみたいですね」

何だか嬉しそうに言うルリエル。

なんて呑気《のんき》なんだろうかと思いつつも、まぁ確かにとも思う。

ただあっちでは確か白髪の吸血鬼だったか。似たような力を持っている俺を、おこがましいけどフィナルとすると、フォーロックの代わりにスカーレットがいたら本当に物語みたいな展開だな。


その後、俺たちはヒュドラの攻略について打ち合わせを行った。

様々な危険が伴う以上、綿密に作戦を立てておくのは当然だからだ。

夜も遅く、俺との戦いで疲れていたのか、ルリエルが船を漕《こ》ぎはじめたところで一旦、床《とこ》に就《つ》こうという話になり、フォーロックは自分のベッドへ入っていった。

フォーロックは自分のベッドをルリエルにと言ってくれたけれど、連れてきたのは俺だからということでルリエルには俺のベッドを使ってもらうことにした。

ルリエルも最初は自分が床《ゆか》でいいと抵抗をしていたが、敵でなくなった以上、女の子を床で寝かせるわけにはいかないと、俺は何とか彼女を説得し、ルリエルをベッドへ押し込むことに成功した。

そして余った俺がランプの灯《ひ》を消し床に寝っころがる。

打ち合わせに夢中で気付かなかったけれど、既《すで》に窓の外は明るくなり始めていた。

洞窟へ向かうのは今日の夕方前。それまでに出来うる限り身体を休めておかなければと、俺は瞬時に意識を手放したのだった。

第5話 ◆ 水晶の洞窟

Level Reset Chapter 5

夢を見ていた。
何やら目の前一杯に広がった霞《かすみ》がかかった情景。
何となくだけれど、これが夢だということは分かった。
ここはどこだろうかと俺は辺りを見回してみる。
すると霞は徐々に晴れていき、夢は一つの風景を俺の前に顕現《けんげん》させた。
石レンガで造られた建物に囲まれた、花畑。
恐らくどこかの城の中庭らしき場所。いや、俺はここがどこかを知っている。

初めて来たのは周辺国による王族会議の付き添いの際。その時に俺は彼女に出逢《であ》ったんだ。

俺の記憶の中に封じられた景色。懐《なつ》かしさと同時に、どうしようもない悲しみが胸に込み上げてくる。

どうして――、どうして今になってこんな夢を見せるのか。そう考えると怒りさえ湧いてきた。

ふと、綺麗な花畑に目をやると、その中心にポツンと一人佇《たたず》む少女を見つけた。

誰かを探しているのか、キョロキョロと辺りを見回し、そして見つからないと悟るや寂《さび》しそうな表情に戻る。

違う。彼女は探しているんじゃない、待っているんだ。

ゆっくりとした足取りで俺は花畑に佇む少女へと歩み寄る。

少女は諦《あきら》めたのか花畑の中でかがみ込み、寂しそうな表情のまま花を愛《め》でる。心なしか彼女の周りの花たちも元気がないように感じられた。

「エアリルシア様」

意図したわけではなく、自然とその少女へ向け声をかける。

俺の声を聞いた少女は、はっとした表情で目線を動かす。

そして俺の存在を確かに視認した彼女は、太陽さえ見劣りするような眩《まぶ》しい笑顔で、サイドテールに結われた瑠璃《るり》色の髪を揺らしながら俺の方へ近寄ってきた。

ただ、その足取りは慎重なもので、彼女は花畑に綺麗に咲き誇っている花を踏みつぶさないよう間を縫うようにしてゆっくりゆっくり、こちらへ向かってくる。

その動作から彼女の心の優しさが窺《うかが》え、俺はおかしくなって思わずクスリと笑みをこぼした。

「?」

そんな俺を、不思議そうな表情でその少女は見る。

「すみません。少し面白くて」

「??」

少女は訳が分からないといった様子で、「?」マークを頭上に浮かべる。確かに、普段通りにしていただけなのに、それで面白いと言われてもだよな。

「そうだ、見て。また私、新しい精霊さんとお友達になれたの……」

「新しい精霊……ですか?」

「そうなの!」

少女は嬉しそうにそう言うと、左の手のひらを上に向け、すっと目を閉じた。

「我の呼びかけに応《こた》え、その姿を現せ。『ニンフ』！」

すると少女が青色の光で包まれる。ほどなくして、彼女の手から同色の光を纏《まと》った可愛らしい精霊がピョコンと飛び出てきた。

「水の精霊ニンフちゃん」

彼女はとても嬉しそうに俺にその精霊を見せてくる。そのくりくりとした目の精霊は、俺のことをとても不思議そうに見上げていた。

以前にも彼女には精霊を見せてもらったことがあるが、その時は確か風の精霊だった。精霊なんてものは初めて見たから、とても驚いたっけ。というか最初に会った時に威嚇《いかく》してきたのもその風の精霊の仕業《しわざ》だったんだよな。暴漢が襲ってきたと勘違いしたって、俺そんなに怪《あや》しい奴に見えたのかな。

「すごいです、エアリルシア様！」

俺は思わず大きな声でそう叫んでしまう。

精霊を呼び出すなんて彼女からしか見せてもらったことはないし、魔法と違って精霊術は誰にでも扱えるものでもない。

素直にすごいと、そう思ったからこそ、叫んでしまったのだけれど、それにびっくりしたのか、ニンフという名の精霊は、キュイッと可愛らしい鳴き声を上げて、彼女の手の中へ消えてしまった。

「あっ」

しまったと思ったけれど、既《すで》に遅い。

恐る恐る彼女の顔を見ると、ほっぺたを大きく膨《ふく》らませて、ムスッとした表情でそっぽを向いてしまった。

「エアリルシア様？」

機嫌を窺うように再度尋《たず》ねるが、目を合わせてくれそうな素振りも見せない。やってしまったと後悔する。

「またエアリルシアって言った。——って呼んでって言ったのに」

どうしたものかと俺が考えていると、消え入りそうな声で彼女が何かを呟《つぶや》いた。

——って呼んでって言ったのに……？　あっ！

確か前に会った時に、お互いのことを愛称で呼び合うことにしたんだ。

どうやら彼女は精霊を驚かせたことではなく、その約束を守らなかったことを怒っていたらしい。

「えっと……」

「それに敬語はいらない」

俺がどう謝ったらいいものかと言葉に詰まっていると、二つ目の約束も持ち出された。

確かにそれも言っていた気がする。

「と、友達だから……」

そして少女は顔を赤らめた。

「そ、それは無理ですよ」

俺は慌《あわ》てて否定をした。

彼女は一国の王女だ。俺もツヴァイト侯爵家の身内とはいえ、彼女は王族。そんな相手にタメ口で喋《しゃべ》れと言われてもそんなことは……。

「えっ……」

すると彼女はショックだとでもいわんばかりに、目尻に涙を溜め、今にも泣きそうになっていた。え、なんで？　どうして？

「友達……じゃ、なかったんだ……」

彼女のその消え入りそうな呟きに、俺は壮大な勘違いを与えてしまったことに気付く。

「いや、いやいやそういうことじゃなくて……ですね」

慌てて訂正しようとするけれど、耐えきれなくなったのか、ポロポロと彼女は目に溜まった涙をこぼし始めた。

頑張っているようではあるけれど、ひっくひっくと嗚咽《おえつ》も漏《も》れ始めている。

「あー、もう分かった。分かってるよ。俺たち友達だもんな。だからもう気を遣《つか》ったりするのはなしだ『ルーシィ』」

頭を掻きながら俺が彼女にそう投げかけると、少しの間、彼女は俺の目を見つめてきた。そしておもむろに目をゴシゴシとこすると、ニパッと笑う。

初めて彼女が心を開いてくれた日、交わした約束。

お互いを愛称で呼ぶこと。

エアリルシアだからルーシィ。すごく単純だけど、これで友達だねとルーシィはとても喜んでいた。

だからこそ俺との間に距離を感じて寂しくなったというか——、多分そんなところだろう。

でも一国の王女だぞ？　と、幼少期の俺はそう思っていた。

まぁ、ルーシィがそれでいいなら深く考えるだけ面倒くさいと途中から思い出したのも事実。

とにもかくにも俺は状況に流されるようにルーシィと交友を深めていったんだ。

今にして思えば、もっと、もっと——思い出を作っておけばよかったかな、なんて。

やがて、ルーシィが「ラグっ！」と、俺の名を呼んだかと思うと、彼女が視界から消えた。

瞬間、優しい風に乗り、俺の頬を撫でた淡く甘い香り。春の光を受けた花のような、そんな温かな香り。

彼女の顔が胸元にあることに気付き、そして抱き着かれているという事実を知覚した。

「ル、ルーシィ!?」

「大好き……」


ルーシィの声は風に溶けて、俺の耳に届く。

そんなやり取りをして顔を赤らめるルーシィを、俺は過去の俺の目線で見ていた。

『ラグ』……か。これは初めてルーシィと出逢ってからちょうど一年経《た》った時の記憶だ。懐かしいけど、こうして客観的に見ると、ちょっと恥ずかしさを感じる。

心を開いてくれるまで様々なことがあったな。

それこそ最初は話すら聞いてくれなかったけど、あんな出来事があって、徐々にルーシィが心を開いてくれて。

いつしか距離も縮まって。

この後も二人でいろんなことをしたっけ。

その都度二人で怒られて……、だけどルーシィは俺と一緒だといっつも嬉しそうな顔してた。

いつだったか「どうして怒られてるのに嬉しそうなの」って聞いたことがある。

その時ルーシィは「ラグと一緒だったらどんなことでも楽しい」って、そう言ってくれたんだよな。


人見知りのくせに俺の時だけ饒舌《じょうぜつ》になるルーシィが……そこにいる。

視界が滲《にじ》む。

喧嘩するとすぐ拗《す》ねるくせに、放っておくと顔をくしゃくしゃにして泣く、寂しがり屋なルーシィが……そこにいる。

心が揺れる。

俺を見つけた時、いつも太陽みたいな笑顔になるルーシィが……そこにいる。

震える心を押さえつける。

それから……、それからさ……。


「ルーシィ！」

瓦解《がかい》する感情。俺は居ても立っていられず、ルーシィの名を叫ぶ。

「ルーシィ！」

頬を伝う一滴。振り払って俺は彼女の名を叫ぶ。

「ルーシィ！」

しかし俺の記憶の中の彼女は、まるで時が止まってしまったかのように何も反応しない。

「ルーシィ！」

これは俺の記憶を映し出しただけのただの夢。この声が届かないことなんて分かっている。

「ルーシィ！」

だけど、俺は何度も叫ぶ。

「ルーシィ！」

もう一度だけでいいんだ。

「ルーシィ！」

夢でもいい。

「ルーシィ！」

俺の記憶が作り出した妄想でもいい。

「ルーシィ！」

もう一度だけ、もう一度だけ。

「ルーシィ!」

もう一度だけ――、俺を、『ラグ』と呼んでくれ……。

「ルーシィ……」

次第に声は嗄《か》れる。
そして、その程度かと俺を嘲笑《あざわら》うように、俺の記憶は時を刻み始めた。

「ねぇ」

耳元で囁《ささや》くルーシィ。
「もし、また私が困ってたり、助けてほしい時、駆けつけてくれる?」
その問いに対し俺は心を潰《つぶ》されそうになる。
信じてる。彼女の眼差《まなざ》しは俺のことを疑いもせず、ただ真っ直ぐ一つの答えを求め、待っていた。

やめてくれ。

「あぁ、当然だろ」

やめてくれよ！

「ルーシィのことは俺がいつでも助けに行くよ！」

そんな守れもしない約束……しないでくれ……。

だがそんな俺の嘘にさえ、彼女は太陽の笑顔でこう答えてくれた。

「ありがとう、『ラグ』！」

◇

「ロクスさん？　ロクスさん？」

「はっ！」

飛び起きた俺の横には淡い桃色の髪の少女がいた。ルリエルは目を丸くしてどうしたのかといった表情で俺を覗《のぞ》き込んでいた。

「大丈夫ですか？　すごい汗」

彼女に言われて俺も気付いた。体中びっしょりと汗をかいており、息も荒い。

「悪夢でも見たんですか？」

心配するルリエル。悪夢……か。そんなことを言ったらルーシィに怒られそうだ。

「いや、大丈夫だ」

俺は呼吸を整え、ルリエルにそう告げる。

「それならいいんですけど。あ、そうそう。そろそろ準備しないとって、私、ロクスさんを起こすところだったんですよ」

彼女の言葉を受けて窓の外を見ると、空が茜《あかね》色に変わり始めているのが確認できた。もうそんな時間なのか。

「あー、だな。悪い」

「いいえ。キースさんは下で食事の準備を依頼してくださってます。私はもう降りますけど、ロクスさんも準備ができたら降りてきてくださいね」

彼女はそれだけ告げると、足早に部屋を出ていってしまった。俺は床からゆっくりと立ち上がると、ベッドに腰掛ける。

「懐かしい……夢だったな」

遠い遠い、記憶だった。まだ俺が幸せだった頃、幼き日に出逢った彼女。今はもうこの世にいない、そんな彼女の夢。

俺が最後に彼女に会ったのは七歳の頃。

その翌年に彼女は戦禍《せんか》に飲まれ命を落とした。

それを聞かされた時、俺は一晩中泣き続けたっけか。

顔を合わせた回数なんて片手で数える程度だったけれど……。でも……、とても……、とても大切な友達だったから。

そんな彼女に、ルーシィは似ていた。

俺を見つけてはすぐに近寄ってくるあの馬に、ルーシィの面影《おもかげ》を感じたんだ。

だからこそ、名前をつけようとした時、咄嗟《とっさ》に彼女の愛称が頭に浮かんだ。既に忘れていたと思っていた、幼馴染《おさななじ》みの名前を。

「俺は二回も約束を破っていたのか」

一度目は俺がルーシィを守るという約束。

そして二度目は迎えに行くという約束。

「もうあんな思いはたくさんだ」

例え命に関わることのない呪いだとしても、ルーシィが苦しめられているのは確かだ。

あの時守れなかった、助けられなかったルーシィのためにも、今度こそ、俺は必ずルーシィを救ってみせる。

今度は約束を違《たが》えない。俺はそう決意をし、立ち上がる。

「待ってろ……、ルーシィ！」

誰にでもなく、ただ虚空《こくう》に向けて俺は呟く。

この言葉が、この思いが、彼女に届くことを信じて……。

◇

ローンダードから徒歩で数時間。

俺たちが水晶の洞窟へ到着したころには、辺りはすっかり暗くなり、夜空には金色の月が輝いていた。

ちなみに、ここに来るまでにギルドでヒュドラの討伐《とうばつ》クエストを受けておこうと、ユリスさんに言われたとおり「水晶の洞窟、聖獣ヒュドラ」と受付に伝えると「何を言っているんだこいつは?」といった表情で見られた。なんで?

改めてヒュドラ討伐の依頼が出ているはずと告げると、「そんな依頼は聞いていない」とのこと。

俺がすぐに動かなかったから、もしかしたら一旦取り下げられてしまったのかもしれない。

「星の位置を見るに、時刻は予定通りだ」

フォーロックが俺たちに向けてそう告げる。

俺たちが立てた作戦は、夜更《よふ》けに水晶の洞窟へ侵入し、ヒュドラが寝ているうちにルリエルの姉のリリエルを救出するというもの。

俺たちの目的はスキルを手に入れることで、ルリエルの目的は姉を救出すること。

つまりは、危険を冒《おか》してまでヒュドラと戦う必要はないということだ。

根本的な解決にはなっていないものの、ひとまずはその二つが最優先だという結論に至った。

「水晶の洞窟は、ヒュドラが睨《にら》みを利《き》かせているのか、他のモンスターはあまり棲息《せいそく》していません。上手《うま》くいけばエンカウントせずに最奥部《さいおうぶ》まで到着できると思います」

武道着姿のルリエルも気合いの入った声音でそう告げる。

「何事もなく救い出せればいいんだけどな……」

念のためランダムスキルでスキルを修得しておいたけれど、使い道に困るようなスキルだったので、こちらは期待ができそうにない。

それも相まって、一戦も交えずに救い出せるに越したことはないということだ。

「じゃあ、行くぞ」

俺もアイテムボックスから剣を取り出す。そして目で二人に合図をし、水晶の洞窟へと歩を進めた。

水晶の洞窟。

入ってすぐは一般的な洞窟と呼ばれるものと変わりない、石や土が混じったような壁に囲まれたものだった。

なぜ水晶の洞窟と呼ばれるのか、それは最奥部に行けば分かるとルリエルは言う。

俺たちは警戒を怠《おこた》らず、フォーロックのトーチライトの淡い光に照らされながら足早に奥へと進んでいく。

道はほぼほぼ一本道で、特に迷うことはなく、ルリエルの言った通りエンカウントもまったくしなかった。

ヒュドラが睨みを利かせているという話だったけれど、そこまでモンスターどもからも恐れられているのかと考えると、幾ばくかの恐怖を抱いてしまう。


「ここです」


二十分ほど進んだ先、行き止まった場所に三メートルほどの大きな縦穴が空いていた。彼女はその手前で立ち止まり、そう告げる。

「ここを降りた先が、最奥部。ヒュドラが巣食う水晶の間です」

どうやらここが最奥部らしい。

ルリエルの言っていたとおり、本当に一回もモンスターと出会うことはなかった。

俺は彼女が指差す先、その穴を覗き込んでみる。

「ここを飛び下りるのかい？」

フォーロックも俺と一緒に覗き込みながらルリエルに尋ねる。暗闇の少し先に青色の光が見えるが、そこが恐らく穴の底なのだろう。

「そうです。もっと回り道をすれば正面からのルートもあるんですけど、ここが一番の近道なので」

「分かった」

そう言うと、フォーロックはまったく躊躇《ためら》いもなくその穴へと飛び込む。

「ちょっ！」

俺が制止する間もなく、フォーロックは穴の底へと消えていった。

いや、いくら着地点が見えているとはいっても、もっと慎重に……。

「行きますよ、ロクスさん！」

ルリエルも俺にそう告げると、フォーロックの後を追うようにその穴へ飛び込む。

ったく、どいつもこいつも……、レベル1なんだぞ俺は。

俺は大きくため息をつくと、ええい、ままよと軽く助走をつけてその穴へ飛び込んだ。

数秒の浮遊感。眼下に青く煌めく地面が見える。

俺はそこへ着地したが、その衝撃で足に激痛が走る。

やばい、折れたかと思った矢先、その痛みもすぐさま治まる。お世話になりすぎていてこのスキルにはもはや頭が上がらない。

「へぇ……」

周りを見渡すと、そこは今までの洞窟の風景とは打って変わって、幻想的な光景が広がっていた。

地面、壁、天井と、全面が水晶でできており、そのどれもが濃い青色の光を帯びている。

水晶の洞窟と呼ばれる所以《ゆえん》、最奥部に行けば分かるというルリエルの言葉がようやく理解できた。

「姉様っ！」

俺がその景色に気を取られていると、ルリエルの鬼気迫った声が聞こえる。

そちらへ振り向くと、ルリエルが何かに向かって駆け出していた。

俺とフォーロックもルリエルの向かう先へと走る。走りながら辺りを警戒するが、どうもこの近くにヒュドラがいるような気配はない。やはり作戦通り今はぐっすりと眠っているのだろうか。

やがてルリエルは、この水晶の間には不釣り合いな灰色の石像の前で立ち止まる。

「ロクスさん。私の姉です……」

彼女は振り返ることなく、ただ目の前の石像を見つめたまま俺にそう告げた。俺はルリエルの横へ移動し、その石像を見やる。

そこには確かに俺と同い年くらいの女性の石像があった。

姉というだけあって、ルリエルに似ているなと思う。多分ルリエルも成長したらこんな雰囲気の女性になるんだろうなといったほどに。

「ロクス！　彼女の左耳を見てみろ！」

不意にフォーロックが俺に向かってそう言った。

俺はフォーロックの言う通り、左耳に目をやると、そこにはルリエルがしているものと瓜二つの、何故《なぜ》か石化をしていないイヤリングがあった。

その先には半分に割れたような小さな宝石。間違いない、あれがもう半分のスキルクリスタルだ。

「ルリエル。お前の右耳のそれ、借りていいか？」

俺がそうルリエルに伝えると、彼女は黙って頷《うなず》き、イヤリングを外す。

「お願いします……、ロクスさん！」

俺は彼女から手渡されたそれを受け取り、「ああ」とだけ返事をした。

そしてゆっくりと石像へと歩み寄り、イヤリングの先に付いている宝石、スキルクリスタルを、一つの球体となるように合わせた。

頼む……、どうか……。そう願いながら、俺はスキルクリスタルに念じる。

刹那《せつな》、そのスキルクリスタルから青色の光が生まれた。

次いで、緑色、赤色とどんどん色の種類は増えていき、やがてそれらは混ざり合い虹色の光へと変化する。

やがて俺の中から何かが抜けて出ていく感覚と同時に、その光は俺の中へと消えていった。

俺はすぐさま自分のステータスを確認する。

＊＊＊＊＊＊＊＊＊＊＊＊＊＊＊＊＊＊＊＊＊＊＊＊＊

ラグナス・ツヴァイト
Ｌｖ：２
筋力：ＧＧ
体力：ＧＧＧ
知力：Ｇ
魔力：Ｇ
速力：ＧＧ
運勢：ＧＧＧ
ＳＰ：０

スキル：【レベルリセット】【エリクサー】【ランダムスキル】【天下無双】【ベルセルク】

＊＊＊＊＊＊＊＊＊＊＊＊＊＊＊＊＊＊＊＊＊＊＊＊＊

「ロクス、さっきの光が君の中に吸い込まれたということは……」

「あぁ、成功だ」

俺がそう告げると、二人の顔が晴れやかなものになる。

「時間もないことだ。リリエルさんを早く元に戻してここを脱出しよう！」

フォーロックのその言葉を受け、俺は頷くと早速修得したスキルを、石像に向け発動させる。

「『エリクサー』！」

すると、俺の手から何やら白い光が放たれ、石像を包んでいく。

そして、パキッ、パキッという音とともに石像にヒビが入り始めた。

それは全身に行き渡っていき、やがて大きな音が弾《はじ》けて水晶の間に響き渡る。見ると、目の前の石像だった彼女は人間としての姿を取り戻していた。

しかし意識は戻っていないのか、そのまま俺の方へと倒れ込んでくる。慌《あわ》てて俺は彼女を抱き止めた。

「姉様っ！」

それを見ていたルリエルが俺へと駆け寄ってくる。

俺はひとまずリリエルを地面に横たえ、手首から脈を測った。トクン、トクンという血の巡りを感じ、俺は胸を撫で下ろす。

「心配ない。脈はある」

不安そうにしていたルリエルにそう伝えると、彼女も安心したのかほっと息を吐いた。

とはいえ、長く石化していたんだ。すぐに医者に診《み》てもらった方がいいだろう。

俺はそう思い、彼女を運ぶのをキースに手伝ってもらおうと振り返ろうとした瞬間、違和感に気付いた。

足が……動かない……？

なんでだ？　俺は不思議に思って自分の足元を見ると、俺の膝《ひざ》から下が石に変わっていた。

慌てて周囲を確認するが、未だにヒュドラが現れた気配はない。仮に現れたとしても俺は今『防石の指輪』を付けているんだ。石化の状態異常にはならないはずなのに……。

いや、まさかっ！

俺は使用する前に確認しなかったことを後悔しながら、慌てて『エリクサー』の効果を確認する。


＝＝＝＝＝＝＝＝＝＝＝＝＝＝＝＝＝＝＝＝＝＝＝＝＝＝＝＝＝＝

エリクサー

対象者の傷、状態異常を全て取り除く。取り除かれた傷、状態異常は、使用者が引き受ける。

＝＝＝＝＝＝＝＝＝＝＝＝＝＝＝＝＝＝＝＝＝＝＝＝＝＝＝＝＝＝

なんだよ、このスキル……。取り除かれたものは使用者が引き受けるってことは、つまりは、回復した内容分、俺がダメージを受けるってことじゃないか。

クソ……。気が急《せ》いて慎重さを欠いてしまったことを後悔した。

防石の指輪は石化を防いでくれるんじゃなかったのか？

それとも虹スキルのデメリットは、アイテムの効力すら無効化してしまうということなのか？

いろいろと思考を巡らせてはみるが答えは見つからないし、石化はどんどんと俺の身体を蝕《むしば》んでいく。

俺は何とか状況だけでも伝えようと、顔だけでフォーロックとルリエルの方へ振り返る。

すると二人とも俺の状態に既《すで》に気付いていたようで、絶句していた。

「悪い、キース……、ルリエル……スキルのデメリットだ……」

固まりかけている口を何とか動かし、俺は二人に伝える。

ルリエルはともかくとして、フォーロックならきっと、これだけで分かってくれるはずだ。

「後は頼む……」

そして完全に俺の口は動かなくなり、視界は灰色へと染まっていった。

◇

「ロクス……さん……？」

私は自分の目を疑いながら、慌ててロクスさんのもとへ駆け寄った。

「ロクスさん、ロクスさん⁉」

彼に手を伸ばし、触れてみる。けれど返ってくる感触は、冷たい石のそれと同じだった。

「キースさん！　ロクスさんがっ！」

私は振り返りキースさんに助けを求める。

「分かっている。分かっているが……、少し状況を整理させてほしい」

キースさんは顎《あご》に手を当て何か考え事をしながらこちらへゆっくりと歩いてくる。

「ロクスの最後の言葉を覚えているかい？」

「えっと……、『後は頼む』でしたよね？」

完全に石化する直前、ロクスさんは私たちにそう伝えてきた。

「いや、その前。彼は『スキルのデメリット』、そう言ったはずだ」

「は、はい……。確かそう言っていた気も……」

「君のお姉さんを石化から解放したスキルは『エリクサー』に間違いない。その『エリクサー』のスキルを使用することの代償が今、彼に起こっている現象なのだとしたら、この状況にも納得できる」

「代償……」

「例えば、治癒《ちゆ》した事象が自身に跳ね返る……とかね」

私はその言葉を受け、もう一度、ロクスさんと地面に横たわっている姉様を見る。

確かにロクスさんの石化が始まったのは姉様の石化を治した後だ。キースさんの言うデメリットが本当だとするなら、私はなんて酷《ひど》いお願いを彼にしてしまったのだろう……。

「キースさん！　ロクスさんを何とか助けられないでしょうか!?」

懇願《こんがん》するように私はキースさんへ詰め寄る。

しかしキースさんは苦い顔のまま私から目を逸《そ》らした。

「霊薬エリクサー。本当に見つけなければならなくなってしまったな」

私はその言葉を聞き、身体から何かが抜けるような感覚に陥《おちい》り、その場にへたり込んでしまった。

私のせいだ……。私のせいでロクスさんが……。

「ルリエル？　ルリエル!?」

どうしよう……、どうすれば……。

「ルリエル！」

瞬間、両肩に鈍《にぶ》い痛みが走る。見ると、キースさんが心配そうな顔でこちらを覗き込んでいた。

「キースさん……」

「ロクスには申し訳ないけれど、今は彼を救う手立てがない。君のお姉さんを連れてここから出よう」

「はい……」

私はキースさんの提案に頷いて、立ち上がる。

確かにここでこうしていても仕方ない。今はひとまず態勢を立て直して、改めてロクスさんを助ける手段を……。

「そんなこと、私が許すとでも？」

不意に洞窟内に響き渡る女性の声。

姉様は未《いま》だ意識を取り戻しておらず、当然私が発したものでもない。

声がした方へ目線をやると、そこには一人の女性が立っていた。その出《い》で立ちには見覚えがある。

「あなたは……」

あの赤い髪、忘れようはずもない。

彼女は私たちにこの水晶の洞窟のヒュドラこそが石化の原因だと教えてくれた張本人。

旅の占い師と名乗る女性、ユリスさんその人だった。

「ユ……」

「ユレーリス！」

私が言うよりも先に、キースさんが彼女の名を叫ぶ。

ユレーリス？　彼女はユリスさんでは？

「どのような強者《つわもの》かと策を巡らせていたというのに。なるほど、防石の指輪。これは一本取られました」

ユリスさん、いやユーレリスは妖艶《ようえん》な笑みを浮かべながら、ロクスさんの石像に近寄り、そっと彼の左手に自分の手をあてがう。

「どうりで私のスキルが通じなかったわけですね。しかし防石の指輪を付けていて石化。そしてお姉さんの方は石化が解除されている。いったいどういうことでしょうね」

彼女はそう言うと、ちらりと答えを求めるようにこちらへ目線を向けた。

「信じたくはなかったけれど、やはり、お前の手引きか」

キースさんはまるで想定の範囲内であったかのように落ち着いた声色でそう告げる。

「あぁ、これはこれは……。誰かと思えば、裏切り者のフォーロック兄さんじゃないですか」

フォーロック……兄さん？　頭の中がこんがらがる。この人はキースさんでしょ？

「私が裏切り者？」

「ええ。国を裏切り寝返ったと、リーゼベトではそう喧伝《けんでん》されていますよ」

フフフと愉快そうにユレーリスは笑う。

「そんなのはでたらめだっ！」

「でたらめ？　独断で隣国の街、ウィッシュサイドを陥落させたばかりか、援護に加わったリユオン隊長へあろうことか刃《やいば》を向け、挙句の果てにはユーレシュの残党と手を組んだにもかかわらず？」

「ち、違うっ！　それはっ！」

「何が違うというのでしょう。ただでさえ私たちはこの世に生を享《う》けるべきではなかった存在。

純潔たるリーゼベト王族に絶対の忠誠を誓うことでようやく生きる価値が与えられているのですよ。それをあろうことか……」

「生を享けるべきではなかった……だと？」

キースさんの手が、声が震え、私でも感じ取れるほどの殺気を帯び始める。

「本気で言っているのか、ユレーリス！」

「だってそうでしょう？　私たちの母は平民。高貴な王族と交じわり生まれ落ちたのが私たち兄妹」

「馬鹿なことを言うなっ！　平民も貴族も王族も同じ人間。上も下もあるわけがないだろう！」

「そう思うのなら、私にではなくリーゼベトの王座の前で声高にそう叫べばいいのではないですか。それを決めるのは兄さんでも私でもないのですから」

キースさんは黙ったまま拳を握りしめていた。

後ろからでは表情は分からないけれど、言葉にできない感情が私にも伝わってくる。

「ユレーリス。いつからそんなことを言うようになった……」

キースさんの言葉は、静かな悲しみを帯びていた。

「昔のお前はもっと優しい子だったのに。七星隊隊長に就任してからまるで人格ごと変わってしまったみたいだ」

「はぁ……、兄さんはいったいいつの話を……。リーゼベト七星隊第三隊隊長ユレーリス・アレクライトこそが、今のこの私なのです。いい加減ありもしない幻影を私に重ねるのはやめてもらえませんか？」

そんなキースさんの思いを知ってか知らずか、ユレーリスは彼を冷たくあしらう。

「兄さんはただおとなしくその子をこちらに渡せばいいんです。用事があるのは兄さんではなく、その子なのですから」

私!? 急に矛先《ほこさき》がこちらへ向いたことに驚きつつ、ユレーリスへと目を向けると、彼女は私に気づき冷ややかな笑みを浮かべた。

その、言葉では形容しがたい冷たい笑みに、悪寒《おかん》が走る。

「そうか……。もはや何を言っても無駄なのだな」

キースさんはそう呟き、アイテムボックスから大剣を取り出すと、ユレーリスに向かって構える。

「ルリエル」

「は、はいっ！」

穏やかなキースさんが発したとは思えない鋭い声音に思わず体が強張《こわば》った。

「ユレーリスのスキルは厄介だ。弱点を知る私でなければ太刀打《たちう》ちできない。君は手出し無用で頼む」

「わ、分かりました」

振り向かず、ただ前の一点を見つめたまま喋るキースさんの言葉に、私はそう返した。

「あら？　兄さんは一対一で私と対等にやりあえると？　少し会わない間に随分、傲慢《ごうまん》になられたのですね。まぁ、そもそもその子は手出しできないでしょうけれど……」

そう言って、彼女は不意に指をパチンと鳴らした。

手出しできないってどういう……？

そんな疑問が脳裏に浮かんだ瞬間、地響きが洞窟内を揺らす。

ドシン、ドシンとその地響きはどんどんと大きくなっていき、その揺れの影響で天井からパラパラと水晶の欠片《かけら》が地面へと落ちてきた。

やがて洞窟の奥、ユレーリスの背後の穴から数メートルはあろうかという大きな魔物が姿を現す。

その巨体の何ものかは全身を漆黒《しっこく》の鱗《うろこ》で包み、複数の首をゆらゆらと揺らしながらこちらへと向かってきた。

「ヒュ……ドラ……？」

見紛《みまが》うことはない。

それは、あの日、姉を石化させた忌々《いまいま》しい魔物だった。

ユレーリスは近くに寄ってきたその魔物の首の一つを、まるで飼い馴らしているかのようにゆっくりと撫でてやる。

「だって、その子の相手はこの子がするのですから」

ニヤリと笑った彼女のその表情に戦慄《せんりつ》する。

先ほどと同じ冷ややかな笑み。あれは人が浮かべるような笑みではない。まるで悪魔のそれと同じだ。

「バレンシア隊長に頼んで私好みの子に変えてもらったんですよ」

ユレーリスはその化け物の頭を愛《いと》おしそうに撫でながらそう告げる。

「彼も一枚嚙んでいたか。どうりで、聖獣にしてはその禍々《まがまが》しい姿も納得できる」

「禍々しいだなんて……。せっかく、前よりも強く、可愛く生まれ変わったのに」

「かわ……いい？」

あれが可愛いだって？

常軌を逸したユレーリスの発言に、気持ち悪ささえ覚える。

あのギラつく複数の赤い目。思い出されるのは恐怖、恐怖、恐怖。目を見るだけで、背中にはおびただしいほどの汗が滲む。

「ルリエル」

再度キースさんから名前を呼ばれる。

「頼む。私が加勢するまで持ちこたえてくれ」

「私にはあんな怪物……」

無理だ。敵《かな》うはずなんてない。

「安心しろ、奴に石化の能力はない」

「石化の能力はない？　どうしてそんなことが？」

「石化はユレーリスのスキルによるもの。だから恐れることなく存分に戦えばいいんだ」

石化の能力はない。その一言に少し安堵《あんど》を覚える。だけど……。

「大丈夫。道中の君の戦いを見ていた私が保証する。天下無双状態のラグナスと数秒とはいえ渡り合った君なら……」

「無理ですっ！」

思わず大きな声が喉《のど》から飛び出す。

石化能力がなかったら戦える？

そんなわけがない。私がここまで来れたのは、ロクスさんがいたからだ。ロクスさんの強さを目《ま》の当たりにして、この人ならヒュドラと渡り合えると、そう確信したからだ。

決して自分自身のトラウマを克服し、立ち上がれたわけじゃない。それは尚も震えるこの身体が物語っている。

目の前の敵は、聖獣。聖獣はその土地を守護する、破格の強さを誇る化け物。

普段人を襲うことはないけれど、一度牙《きば》を向けられれば逃れる術《すべ》はない。ましてや、その聖獣は今、何故かユレーリスに飼い馴らされてさえいる。

もう勝ち目なんて……。

「ルリエル！」

冷えた脳にキースさんの叱咤《しった》が響いた。

「今、君がここで立ち上がらなければ、ロクスも、君のお姉さんも助からないんだぞ！」

「姉様……」

私はゆっくりと視線を姉様に向ける。未だに力なく地面に横たわる姉様を見て、私は心を潰されそうになった。

「何度でも言う。君の実力なら戦える。自信を持てルリエル！」

キースさんは尚も視線をユレーリスから逸らさないまま、私にそう叫ぶ。

「自信は実力を引き出すためのトリガーだ！」

「実力を引き出す……」

徐々に脳が熱を帯びていくのを感じる。

「倒さなくてもいい。持ちこたえてさえくれればいいんだ。できるかい、ルリエル？」

キースさんからの優しい問いかけ。

私は大きく息を吸い込み、そして吐き出した。

落ち着け、私は何のために師匠からこの拳法を教えてもらったのかをもう一度思い出せ。私が歩む茨道《いばらみち》、その道に立ちふさがる強大な敵に向かうため、そのためにこの拳を磨いてきたんだ。

今それを振るわなくて、いつ振るうというのか！

「ヒュドラは——、私が引き受けます！」

「頼んだ」

立ち上がりながら、私は未だに震える身体に鞭《むち》を入れる。

私が立ち向かわなければ、私の大事な人も、私が巻き込んでしまった人も、誰も助けられないんだと。

「それが過信でなければいいですね」

私とキースさんのやり取りを聞いていたユレーリスが静かに笑う。

大丈夫だ、自身を持て、私はできる!!

「兄さんは酷《ひど》い人です。いたいけな少女を根拠もない甘言《かんげん》で誑《たぶら》かすなんて」

「そんないたいけな少女に、禍々しい怪物を差し向ける方がよっぽど酷いと思うが？」

その言葉を聞いたユレーリスは不愉快そうな表情で眉を吊り上げる。

そしてもう話すことはないとばかりにパチンと指を鳴らた。

すると、今までおとなしく控えていたヒュドラが大きな唸《うな》り声を上げ、地面を揺らしながらこちらへ向かってくる。

複数の首のそれぞれについている赤くギラついた双眸《そうぼう》の全てが、私を凝視《ぎょうし》していた。

身体の震えが強くなる。泣きたくなる。逃げたくなる。

そんな様々な感情——いや、雑念の全てを振り払い、ただ一心を瞳に宿して、私は睨み返した。

「グゥ……」

一瞬ヒュドラが怯《ひる》んだように感じた。

気のせいかもしれないけれど、ヒュドラが私を襲いあぐねているのならば、今のうちに舞わせてもらおう。

私は、左腕に巻いている包帯を解くと同時、ステップを踏んだ。心の中で流れるリズムに乗せ、私は右へ左へと舞う。

闘舞《とうぶ》——朧霞乱影《おぼろがすみみだれかげ》——。

そしてヒュドラの視界から、私の姿は消える——。

◇

私は、ユレーリスに気付かれないよう、ロクスに預けた石化の指輪を確認する。

指輪は彼の指と同化するように石化しており、回収するのは不可能であることを悟る。やむを得ない。少し不利にはなるがこのまま戦うしかない——か。

「リーゼベト七星隊第七隊隊長フォーロック・アレクライト。『剣聖』の二つ名に懸けてお前を倒す！」

「元隊長と、そう言ってほしいですね」

向き合う兄と妹は、互いに一歩も引かない。二人の距離が縮まったのは、ヒュドラが大きく唸り声をあげ、ルリエルに襲いかかったのと同時だった。

「纏《まと》うは業火。ソードエンチャント『真紅《ルブルム》』」

「眼下の礫《つぶて》、集《つど》い混ざり肥大となりて、思いのままに形踊る。『ジオクリエイション』」

私の手には赤く燃え上がる大剣、そしてユレーリスの手には無数に地面に散らばる水晶を集めて生成された青色の細剣が握られる。

「そんな軟《やわ》な剣で、私の剣が受けられるとでも思うのか？」

「軟かどうかは刃《やいば》を交えてみれば分かる話です」

刹那《せつな》、右方から爆音が響き渡った。

それと同時に私は地を蹴る。振り下ろされる炎の剣とそれを下から受ける水晶の剣。それぞれが鈍《にぶ》い音を立ててぶつかり、周りに衝撃波を生む。

私はそのまま彼女の剣を砕こうと、自身の剣に力を込めた。

「っ？」

しかし、砕くどころか拮抗《きっこう》すら崩れない。

「軟《やわ》……なのではなかったのですか？」

ユレーリスは嘲笑《あざわら》うような声色でそう呟《つぶや》く。

私は軽く舌打ちをすると、バックステップで彼女から距離を取った。

「ダメですよ兄さん。目線がそこまで逸《そ》れていては」

そう言うユレーリスの見えない表情に、若干《じゃっかん》の苛立《いらだ》ちを覚える。

ユレーリスのスキルは『石工《いしく》の瞳』。

石化の発動条件は彼女の瞳を見てしまうこと。つまり、瞳さえ見なければ石化することはない。

頭ではそれが分かっているからこそ、視線が合わないように、大きく目を逸らしてしまう。

「くっ……」

瞬時に距離を詰めてきたユレーリスの剣を避けきれず、頬に赤い線が刻まれる。

やはり、前剣聖であるシェーンハウゼン殿直伝《じきでん》の剣技は厄介だな。

それにと地面へと目をやる。

この地面に散らばる水晶、通常の土や石などと比べて硬度が高い。さっきの手応《てごた》えもまるで金属のそれだった。

「『アースバインド』」

ユレーリスのその声とともに、私の足元の地面を割ってツタが生える。

「今更そんな下級魔法が……」

足を搦《から》め捕《と》ろうとするそれを避けた時に、腹部に鈍い痛みが走った。見ると、そこには大きな土の塊《かたまり》。

「『アースバレット』」

魔法の二重発現……か。

私はよろめく身体に鞭《むち》を入れ、剣を構えなおす。やはりユレーリスも隊長。軽々と魔法の高等技術を使ってくる。

「はぁ……」

すると、ユレーリスが退屈そうにため息をついた。

「これが仮にも七星隊長だった人の実力ですか……。私、スキル使いませんから普通に戦ってもらって結構ですよ？」

「なん、だと……？」

わなわなと剣を握る手に力が入る。ダメだ、挑発に乗るな。

私は再度呼吸を整え、地を蹴りユレーリスとの距離を詰める。そして、大きく振りかぶった炎の剣を振り下ろした。

「っ!?」

しかしその切っ先は何物にも触れず、宙を切り裂き、地面を抉《えぐ》る。

「遅い」

ユレーリスの冷たい一言。

瞬間、私の左肩が燃え上がるような痛みに襲われる。見れば、彼女の剣が私の左肩を貫《つらぬ》いていた。

「ぐあああああっ！」

彼女は剣を抜くと、追撃とばかりに再度、刺突《しとつ》を繰り出す。

何とか炎剣の腹でそれを受け止めると、また別の箇所へ刺突が繰り出される。

それを何度か繰り返すうち、防ぎきれなかった刺突が私の体躯を貫き始める。

このまま受け続けていてはジリ貧が目に見えている。痛みを堪《こら》えながら、私は何とか彼女と距離を取った。

「まさか、シェーンハウゼン隊長に軽く習った剣技がこんなところで役に立つとは思いませんでした」

ユレーリスは剣に付着した血を振り払いながら、そう言った。

「シェーンハウゼン……隊長？」

シェーンハウゼン隊長とは、恐らくマルビスク・シェーンハウゼン殿のことだろう。

だが、彼は私の前任であり、私が隊長に就任するのと同時に隊を退《しりぞ》いたはずだ。

「あぁ、兄さんは知らないんでしたね。あなたが既に第七隊の隊長でないのは、ご理解いただけているかと思いますが、現在は空席となった隊長の座にシェーンハウゼン隊長が戻られたのです。後継者が現れるまでという条件付きではありますが」

「そう、なのか」

先ほどのユレーリスの話で私が除籍されたのは薄々感じていた。しかし、あれほど隊を退きたがっていたシェーンハウゼン殿が復帰するとは……。

「『剣聖』の二つ名は兄さんよりもシェーンハウゼン隊長の方が相応《ふさわ》しい。剣の腕は兄さんなんかよりもシェーンハウゼン隊長の方が遥《はる》かに上ですから」

ですが――とユレーリスは付け足す。

「キース兄さんならば、少しは違ったかもしれませんね」

その言葉に思わず体が反応してしまう。

「兄さんが隊長になれたのもキース兄さんのおかげ。そういえば、あの子は兄さんのことをキースさんと呼んでいましたが……いったいどういうつもりなのですか？」

詰問《きつもん》するように、ユレーリスの語気が強くなる。

「あなたはフォーロック兄さん。決してキース兄さんではない」

そんなことは分かっている。しかし、ロクスから別名を名乗れと言われたあの日、咄嗟《とっさ》に出てきた名前がキースだった。

意図したわけじゃない……はずなんだ。

「だんまりですか。まぁ、いいです」

言葉を返さない私に呆《あき》れたようにユレーリスは嘆息した。

そして放たれる何気ない一言。

「それよりも、そろそろ代わってもらえませんか？」

一瞬、何を言われたのか分からなかったが、理解が追い付くと脳は拒否の一択を示す。

「ダメだっ！」

反射的に口から言葉が飛び出た。

「そんなのはダメだっ！　お前相手にそんな……」

「では、このまま私に串刺しにされ続けますか？　兄さんがそれを望むなら私は別に構いませんけど」

言葉に詰まる。

確かに今のままではユレーリスに勝てる見込みは薄い。だからといって、「彼」は危険すぎる。実の妹でさえ「彼」なら殺しかねないのだから。

私は……どうすればいい？

「さて、そうこうしている間に向こうも決着がつきそうですね」

私はハッと我に返り、ルリエルの方を見る。

「ルリエルっ！」

私がそう叫ぶ先、全身を傷だらけにしながら宙に浮かぶルリエルの姿がそこにはあった。そんな彼女に追撃しようと、複数の首が一斉に彼女に襲い掛かる。

その光景を目《ま》の当たりにし、私の中で何かが弾《はじ》け飛んだ。

もう、迷っている場合ではない！

やむをえず私は地面に剣を突き立てる。瞬間、剣の纏っていた炎が霧散《むさん》した。それはソードエンチャントの解除を意味する。

「やっとその気になりましたか」

ユレーリスは嬉しそうにそう呟く。

代わってしまえばもう後戻りはできない。一か八か。

「大事な妹なんだ。どうか――、どうか殺してくれるな」

そう願いながら私は意識を手放した。

――やっと僕の出番だね――

◇

「グギャアアアァッ！」

ヒュドラの複数の首、そのどれもが大きく咆哮《ほうこう》し、私の分身に襲いかかる。

闘舞《とうぶ》――朧霞乱影《おぼろがすみみだれかげ》――。

この舞は、一時的に形ある分身を作り出し、本体である私自身が不可視の存在となる。

その間私自身に攻撃は当たらないが、私自身も攻撃することはできない。ただ、分身が戦っている間に私自身が次の舞を舞うことはできる。

「闘舞――砥爪《とぎづめ》――」

舞い終わった直後、私の手の指先が青白い爪でコーティングされた。

瞬間、私の分身がヒュドラの首の一つに噛み千切られる。それと同時に私の不可視化も解けた。

「虎龍四十連華《こりゆうしじゆうれんげ》――斬切舞《きりぎりまい》――」

私は間髪《かんはつ》を容《い》れず、ヒュドラの背後から連撃を浴びせる。

「硬い……」

しかし、私の爪による立て続けの斬撃は、硬いヒュドラの鱗鎧《りんがい》に阻《はば》まれ肉を裂くまでには至らない。軽く舌打ちをし、私はヒュドラの尾による攻撃を避けながら距離を取った。

「グルルルゥ」

そんなものかとヒュドラは余裕の表情でこちらへ向き直る。

私はすかさず両手を右腰の辺りに構えた。そして手中で気の塊を作り出すと、それを凝縮させて前方へと放つ。

「龍気弾《りゅうきだん》！」

私の手から放たれた小さな気弾は宙を疾走し、ヒュドラへと向かう。そしてその胸元へ破砕音とともに着弾した。

「グガアアッ！」

その攻撃に怒ったのか、ヒュドラの首の一つが、私を噛み殺すと言わんばかりに伸びてくる。

私がそれを右へ飛びながら避けると即座に別の首が私を追い、それを避けると更に別の首が追ってきた。

計九つの首が私の着地点を予測し攻撃を加えてくる。

私は何とかそれらを避けながら、龍気弾をヒュドラの胸元に集中的に当てていった。

そうしながら徐々に距離を詰めていき、やがて個々の鱗《うろこ》が視認できる位置までヒュドラに近づく。

見れば胸元の鱗の一枚にヒビが入っていた。

よしっ、と私は心の中でガッツポーズをし、また一歩ずつ攻撃を避けながらヒュドラとの距離を詰める。

ただでさえ硬い鱗だ。闇雲に攻撃を加えていてもダメージは与えられない。

となれば、狙うは一点突破。一枚でも剝《は》がしてしまえば私の攻撃は通るはず。そう信じながら私はヒュドラの攻撃を前転で避け、内懐《うちぶところ》へと滑り込んだ。

「龍気掌《りゅうきしょう》！」

そして右の手のひらに作り出した気の塊ごと、その一枚へ掌底《しょうてい》を見舞う。

刹那、圧縮された気が私の掌と鱗の間で爆散し、ヒビの入っていたその鱗が粉々に砕け散った。

「くっ……」

私の右手には、まるで雷が落ちたかのような衝撃が迸《はし》る。

砕ける寸前だったというのに、最後まで硬い。それはビリビリと麻痺《まひ》する右腕が物語っていた。

しばらく右腕は使い物にならない。ならばっ！

もう一度、今度は左の手のひらに溜めていた気を、守りの盾を失ったヒュドラの肉体の一点へと叩き込んだ。

「龍気掌！」

再度、ヒュドラの胸元で気が爆散する。

だが、今度は先ほどとは明らかに手応えが違った。

「ギヤアアアアァッ！」

ヒュドラが悲鳴のような叫びをあげた。

その金切り声のような高音が耳を劈《つんざ》く。

やっとダメージが入った。私はその事実に高揚しながら、体勢を立て直すべく、バックステップのモーションに入る。

「っ!?」

昂《たかぶ》った気持ちが油断を生んだ。

目の前にはいつの間にかヒュドラの大きな前足。気づいたときには私は大きく蹴飛ばされ、壁に激突していた。

「かはっ……」

背中からの衝撃で一瞬呼吸が止まる。

そしてそのまま地面へ前のめりに落下した。

痛みで思考が回らない。

何が起こったのかも整理できない。

だけど立ち上がらなければ恐らく追撃が来る。動物的な直感が私にそう告げていた。

すぐさま私はよろつく両足で立ち上がると、左手で動かない右手を庇《かば》いながら右側へと飛ぶ。

私が立っていた場所には、ヒュドラの首。

間一髪、回避できたみたいだ。でもここにいればまた別の首の攻撃が来る。避けないと……。

「グギャアアアッ！」

しかし私の予測に反して別の首からの攻撃はない。

代わりに、先ほどの首が元の位置に戻らず横薙《よこな》ぎする形で私を追撃してきた。

急な攻撃方法の転換に対処ができず、私はその攻撃をもろに受けてしまう。

そのまま景色が横に流れていき、右肩から壁に激突していた。

麻痺していたおかげか右腕に痛みはない。

パラパラと頭上に落ちてくる水晶の欠片を振り払い、ヒュドラを睥睨《へいげい》する。

体中に走る痛みのせいで思考すら麻痺しているのか、戦闘前に感じていた恐怖は微塵《みじん》もない。

ただ、まるで勝ちを確信しているかのようなヒュドラの表情に心の底からの苛立ちを覚えた。

脳に血が上るのが感覚で分かる。

「なめるなあああっ！」

私はそう叫びながら、愚直にも真っ向から、ヒュドラに攻撃を仕掛けてしまった。

すると、首の一つが私の足下へと潜《もぐ》り込み、そのまま呆《あっ》気《け》なく私は宙へと弾き飛ばされた。

瞬間、周囲の空気がまるで凍て付《い》いたかのような感覚に襲われる。

寒い……。

それが熱くなった私の頭を急激に冷やしていった。

だめだ……、このままじゃ勝てない……。

私は力を振り絞り、何とか受け身を取ると、脳裏によぎったそんな考えを無理矢理振り払う。

そして思った。もう躊躇《ためら》っている場合ではないと。

このまま攻撃を受け続けているばかりでは、どのみちジリ貧。

ならば、せめてこの舞に最後の望みを懸《か》けるしかない。

私は未だに動く気配のない右腕の包帯を、左手で外した。包帯を外している最中、私に虎龍拳と舞を教えてくれた師匠の言葉が思い出される。


――右腕に刻まれるは龍の紋、それが魅《み》せるは幻惑《げんわく》へと誘《いざな》う艶舞《えんぶ》――

かつてこの世界には神の力を携《たずさ》えた英雄がいた。

――左腕に刻まれるは虎の紋、それが引き出すは己《おのれ》を昇華《しょうか》させる闘舞――

その傍《かたわ》らには英雄に憧《あこが》れる一人の踊り子。

――虎の紋と龍の紋が交わるとき――

彼女は英雄への憧れから、彼の力の模倣《もほう》をその踊りに宿したという。

――それらが導くは虹色の風を纏いし天の舞――

思えば、私がロクスさんに協力してほしいと心から思ったのは、彼のそのスキルを目《ま》の当たりにした時から。

「グギャアアアッ！」

何故か急激に下がった温度で硬直していたのか、動きを鈍らせていたヒュドラが何とか動けるようになり、再び私に襲い掛かってくる。

既に舞い終わっていた私は、そのヒュドラの攻撃を軽々とかわした。

全てが似ていた。

ロクスさんが使うスキルの性質と私の舞で得られる力。私の舞の力がそれに遠く及ばないことも、まるでかつての英雄と踊り子のようだった。

「見せてあげる。これが私の奥の手」

舞い終わった私は虹色のオーラに包まれる。

それこそロクスさんのスキル『天下無双』のように。

「天舞《てんぶ》──天《あま》ツ風《かぜ》──」

その刹那、ヒュドラの首の一つが鮮血とともに宙を舞った。

第７話 ◆ 黒き心臓

「はぁ、はぁ……」

ユレーリスは白く荒い息をつく。そして、何度叩き砕かれたか分からない水晶の剣を再度生成し直し、正面へと構えた。

「つまらないなぁ」

前方、うっすらと白い靄《もや》に包まれた赤い髪の青年は、まるで幽霊のようにゆらゆらとした足取りで彼女へと近づく。

その左手には青々と輝く凍《い》て付いた剣。そこから放たれる冷気は、炎の剣により熱気に包まれていたこの空間さえも一瞬で氷点下へと変えた。

「もっと僕を楽しませてくれないかな。せっかくこんなにハンデをあげているのにさ」

その言葉を聞き、ユレーリスは奥歯を強く嚙む。

どんなにユレーリスが彼を睨《にら》んでも、彼女のスキルが発動することはない。

「うっかり手を滑らせて殺しちゃいそうだ」

彼は両目を閉じたまま、口角を吊り上げる。その禍々《まがまが》しい笑みにユレーリスは戦慄《せんりつ》を覚えた。

青年が使うは、ソードエンチャント『青藍《カエルラ》』。もう一人の彼が使う『真紅《ルブルム》』と対《つい》を為す氷の力を司《つかさど》るその剣は、今、目の前に立つ彼にしか使えない。

ユレーリスの額《ひたい》を汗が伝う。

一歩でも引けばユレーリスは氷の剣の餌食《えじき》となることを理解していた。

彼が使う氷の剣は、斬った先から傷口を凍て付かせる。凍った傷口から出血することはなく、斬られた相手は痛みすら感じない。

さらに、その斬撃は傷口から徐々に肉体を凍結させていき、やがては完全に動けなくなる。そして最期《さいご》は、身体機能の停止とともに命に終焉《しゅうえん》がもたらされる。

しかし、恐れるはその効果ではなく、彼の残虐性。

凍結の速度は彼の意のままであり、あえてゆっくりと凍らせていくこともできる。

斬られた相手はそれを理解した時、まるで彼に命を握られているような感覚に陥《おちい》る。

彼はわざとそのような状況を作り出し、死へと向かう相手の様子、その過程を愉《たの》しんでいるのだ。

そんな垂涎《すいぜん》もののショーを目の前にして、彼がうっかり手を滑らせることなどは、絶対にありえない。

フォーロック・アレクライト。

彼のもう一つの人格、『キース』と呼ばれる彼こそが、七星隊隊長に選任された本当の理由。

殺しへの絶対的な執着と純粋なまでの狂気は、皮肉にも彼の本当の力量を引き出してしまった。

殺しを嫌うフォーロックには引き出すことのできない、剣聖と呼ばれるほどの実力を……。


ユレーリスは地を蹴り、剣を心臓へ突き立てようと距離を詰める。

「はぁ」

しかしキースの深いため息とともに放たれた斬撃により、剣は再度、粉々に砕かれた。

ユレーリスはすぐさまバックステップで彼との距離を取る。彼女が立っていた場所には数本の氷針、下級魔法『アイスニードル』が地面に突き刺さっていた。

フォーロックの時と違い、一太刀《ひとたち》さえ入れることができない状況にユレーリスは強い苛立《いらだ》ちを感じる。

あまつさえ自分は、キースと同じ七星隊隊長の一人。『メドゥーサ』と恐れられた第三隊隊長が、まるで赤子の手を捻《ひね》るかのように遊ばれている。

キースと剣を交えたことは今までになかった。

いかに強いのかだけは噂《うわさ》で聞いていたものの、元があのフォーロックだからと完全に高を括《くく》っていた。

今になって自分の見識の甘さと驕《おご》りを後悔する。

「動きが単調。殺気が見え見え……。だけどもう十分だ」

キースはそう言うと、ゆらゆらと剣の切っ先をユレーリスへと向けた。

「終わりだよ」

何が起こったのか分からなかった。

ただ、いつの間にか目の前にキースが不敵な笑みを浮かべながら立っている。

そして、彼の左手に握られた剣、その切っ先が自身の左胸に突き立てられていた。

ユレーリスの口から顎《あご》に向けて一筋、鮮血の雫《しずく》が流れていく。

「またね。ユレーリス」

ゆっくりと引き抜かれる氷の剣。

ユレーリスに痛みはない。

ただ胸の刺し傷はすぐさま凍り、瞬時に全身を蝕《むしば》んでいく。

寒いという感覚すらないままに、ユレーリスは地面に倒れた。

「今度は――」

いつになく優しい声音でキースが何かを言っているが、もう耳には届かない。そのままユレーリスの意識は薄れていった。

◇

「様子を見ながら剣を交わしていたけれど、間違いはなかったみたいだね」

倒れたユレーリスをキースは見下ろしていた。キースの冷たい瞳が静かに揺らめく。

「忌々《いまいま》しい」

そして自分に代わる前、フォーロックが自分に対して言っていた言葉をゆっくりと思い出す。

「大事な妹なんだ、どうか殺してくれるな……か」

キースはふぅとため息をついた。

「そこまで馬鹿だとは思わなかった」

彼は心底呆《あき》れたという口調でそう呟《つぶや》く。そして倒れたユレーリスにそっと近づき、彼女を抱《かか》え上げた。

「君にとってそうだということは、僕にとってもそうなんだよ！」

キースの顔が醜《みにく》く歪《ゆが》む。

瞬間、パキパキと凍った地面に亀裂が生じた。

「黒き心臓。こんなことができる奴など一人しかいない。絶対に許しはしないよ」

彼は後ろを振り返ると、未《いま》だ戦い続けているルリエルへ目を向けながら、石像になったラグナスへとそっと歩み寄った。

「悪いけど、後は頼むね。僕はやることができた」

キースは続けて、ボソボソとラグナスの耳元で何かを囁《ささや》くと、この戦場に背を向ける。

彼の足が向かうは、自分たちが飛び降りてきた穴の真下。

「死に場所を探していた君にはしばらくは任せられない。僕の中で反省するといいさ。あぁ、勝利の神アルネツァックよ。どうか、我らに勝利を」


——僕が生まれた意味、それを努々《ゆめゆめ》忘れないで——


「今度は——、本当の君に会いたい」

その言葉だけを残し、フォーロック……いや、キースは、ユレーリスとともに闇の中へと姿を消した。

◇

「グギャアアアッ！」

ヒュドラの首の一つ、それが血飛沫《ちしぶき》を撒《ま》き散らしながら宙へ跳ね上がった。

「ふう」

私は一息つき、さらに地面を蹴ってもう一つの首を狙う。

「虎龍四十連華《こりゅうしじゅうれんげ》　―斬切舞《きりぎりまい》―」

砥爪《とぎづめ》による斬舞。

それが天ツ風《あまかぜ》で強化された力により、ヒュドラの硬い鱗《うろこ》をいとも簡単に粉砕する。

たちまち洞窟内に轟《とどろ》くヒュドラの悲鳴。胴体から切り離された二つ目の首が宙を舞う。その様子を見ながら、私は虹色の軌跡を残し、ヒュドラの眼前へ着地した。

「グルルルルル」

残ったヒュドラの首たち、それらが低い唸《うな》り声とともにこちらを睨《にら》み付けてくる。

ギラギラと赤く輝くそれらは、明らかな怒気を纏《まと》っていた。

残った首が一斉に私を捕らえようと伸びてくる。それらを私は軽々とかわし、一つ、また一つと切断していった。

度重なるヒュドラの甲高《かんだか》い悲鳴に辟易《へきえき》としながらも、着実に減っていくヒュドラの首に私は高揚感を覚えていた。

天舞　―天ツ風―。

一時的に自身の身体能力を向上させるこの舞は、私の先祖である踊り子が編み出した、究極の舞の一つ。

ヒュドラに対抗できるか不安はあったものの、効果は覿面《てきめん》だった。

聖獣とてこの舞の前では赤子同前。あんなに苦戦していたのがまるで嘘のように、圧倒できている。

勝てる。

並々ならぬ自信が湧いてくるものの、この力は使える時間に限りがある。勝負を早く決めなければ、再び劣勢に立たされてしまうことは明らかだ。私は全ての首を落とすべく、斬切舞の構えを――。

「う……そ……」

私の目には信じられない光景が映った。

「グギャアアアッ！」

落とした首は地に落ちたまま。

だが、ヒュドラには確かに落としたはずの首が揃《そろ》っていた。

ヒュドラは改めて揃った全ての首で、私を捕らえようと攻撃を再開する。私はそれを避けながら、何とか砥爪で首の一つを落とした。

しかし、その首の切れ目、そこに何やら赤い泡のようなものが集まると、まるでトカゲの尻尾のように首が再生した。

「くっ！」

私は奥歯を嚙みしめる。

何度も再生するのならば、何度でもその首を落としてやる。

私は何度も何度もヒュドラに対して斬切舞を見舞う。その都度、ヒュドラの首は落ちるが、何度も何度も、際限なく首は再生されていく。

厄介すぎる。

ならばと私は攻撃手段を変えた。天ツ風で強化されるのは何も力の強さだけではない。当然ながらスピードも爆発的に上がる。

私はヒュドラの首でも捕らえられない速さで胸元まで潜《もぐ》り込むと、先ほど龍《りゅう》気《き》掌《しょう》を見舞った場所へと再度両の手のひらを構えた。

天ツ風はステータスを向上させるのと同時に、一種の鎮痛的な効果もあるのか、先ほどまったく動く気配がなかった右腕が使えるようになっている。

私は両手に気を溜め、鱗が剝《は》がれている箇所へ向けて左右同時の掌底《しょうてい》を繰り出した。

「龍気双掌《そうしょう》」

天ツ風で強化された龍気掌は先ほどの何倍もの威力で爆散する。

さらに追撃と、そこへ数発の龍気弾も両手で交互に打ち込んだ。

「グギャアアアッ！」

ヒュドラは大きな咆哮《ほうこう》とともに、その巨大な胴体を倒れ込ませる。地面の水晶が大きく舞い上がり、キラキラと宙を彩った。

首がダメなら胴体。

首は何度落とそうとも再生してしまうということは恐らくダメージはない。

だが、胴体はどうだ？　先ほど天ツ風を使っていない私でもダメージを負っている節《ふし》があった。今も首を落とした時とは違い、すぐに動き出す気配がない。

「やった……っ!?」

勝利を確信した刹那《せつな》、力が抜ける感覚が全身を駆け巡った。

麻痺《まひ》したように力が入らず、私はそのまま膝《ひざ》から崩れ落ちる。

「かはっ」

口から鮮血が飛び出す。

そして地に倒れ伏したまま私は一つの結論に至った。

「時間……切れ……」

天ツ風は自身の身体能力を引き上げる舞。

その強すぎる効果故《ゆえ》に、身体的に未熟な者がこの舞を舞った時にもたらされる反動。

引き上げられた力との差が大きすぎることから、効果が切れた時、耐えきれなかった元の肉体が崩壊する。

それを知っていながらこの舞を舞ったのは、自分がダメでも時間さえ稼《かせ》げばきっとキースさんがヒュドラを退治してくれると信じていたから。

しかし私は見てしまった。ユレーリスを担《かつ》いでこの場から去っていく彼の後ろ姿を。

どうして？

様々な思いが今になって頭の中に交錯するけれど、そんな感慨にすらヒュドラは浸《ひた》らせてはくれないみたいだった。

「グガアアアアッ！」

私に終わりを告げるかのように、意気揚々《ようよう》とヒュドラが大きく吼《ほ》える。

「強すぎる……」

完全に沈黙したと思った。

けれど目の前の化け物は、胸元からドス黒い血を流しながらも四肢をしっかりと地に着け、ギラギラとした赤い十八の眼《まなこ》をこちらに向けている。

これがヒュドラ。これが……聖獣。

改めて聖獣と名のつく化け物の強さを思い知らされる。

ロクスさんも、キースさんも誰もいない。

この場でどうにかできるのは私だけ。だけど、身体が動かない……。

悔しさで涙が溢《あふ》れてくる。

動け、動け動け！　何度も身体に動けと命令する。

けれど全ての力をなくした体軀は、脳とつながる神経さえも遮断されたかのように、まったく言うことを聞かなかった。

「グギャアアアッ！」

何度目かのヒュドラの咆哮。

ヒュドラの首が急激に迫ってくるのが感覚で分かる。

もう……、駄目だ……。そう覚悟した私は思い切り歯を食いしばった。


……。どれだけ過ぎただろう。

時間にして恐らく数秒程度。

だが、ヒュドラの攻撃がいつまで経《た》っても私を襲う気配、衝撃がない。

焦《じ》らしているのか？
そうであるなら、この聖獣はなんて性悪なのだろう。

「どけぇぇっ！」
「グギャアアアッ！」

誰かの叫ぶ声。
それとともにヒュドラの咆哮が響き渡る。
何が起こったのだろう？
その疑問ごと、私は誰かに抱え上げられた。
温かい……。微《かす》かな感覚が脳内へそんな思いを伝達させる。
「悪い。こんなにボロボロになるまで……」
頼もしい声。
僅《わず》かに開いた目でその声の主《ぬし》を見る。そして心の底から安心に包まれた。
あぁ、助けに来てくれたんですね……英雄様。
「ロクス……さん」
私の瞳には、虹色のオーラに包まれた英雄の顔が映っていた。

◇

ルリエルの目から一筋の涙がこぼれる。

なんて俺は情けないんだろう。自分の思慮《しりょ》の浅さでルリエルがこんなに傷ついてしまった。

せめてもの救いは取り返しがつかなくなる前に日付が変わってくれたこと。石化はレベルリセットによる効果でリセットされる。

一歩石化解除が遅ければ、今頃ルリエルは……。

「後は任せろ」

俺はルリエルにそう短く告げた。彼女は俺の言葉を聞き、僅かながら首を上下させる。

「さて……」

俺はボロボロに傷ついたルリエルを彼女の姉の傍《かたわ》らに寝かせ、ヒュドラを睨《にら》み付けた。

「今度は俺と遊んでくれよ、化け蛇野郎！」

俺はそう叫ぶと、地面を蹴りつけ、一瞬にしてヒュドラとの距離を縮める。

――君に一つだけアドバイスだ――

何がアドバイスだ、肝心な時に姿をくらませやがって！

俺を捕らえようとする鈍《のろ》い首たちを尻目に、俺はヒュドラの胸元へ潜り込む。


――魂を書き換えられたものは、皆一様に二つの心臓を持つ――


「あいつの言う通りか……」

目の前にはドクンドクンと鼓動を刻む二つの心臓。

ルリエルの攻撃によって露《あらわ》になっていた心臓がそこにはあった。

一方は肉体と同じ薄ピンク色のもの。もう一方は禍々《まがまが》しいほどの漆黒《しっこく》に染まったもの。


――その黒き心臓を破壊すれば、魂は浄化され再び元に戻る――


石化していた時、俺は灰色の世界で意識は保ったままだった。

目は見えるし、音も聞こえた。フォーロックやルリエルが戦っている姿も見えていた。全ての黒幕がユリス……いやユレーリスだったということも。

そんな中、様子が一変したフォーロックが放ったその言葉。

――あのヒュドラは聖獣だ。どうすればいいかは聡明な君なら分かるだろう？――

急にムカつくようなしたり顔で言いやがって。分かってるよ。殺すなって、そういうことだろ！

「目を覚ませ、ヒュドラ！」

俺はヒュドラの黒い心臓に手を伸ばし、そのまま握り潰《つぶ》す。俺の手の中で心臓は黒い靄《もや》へと変わり、宙へ溶けるように消えてなくなった。

「グルワアアアァッ！」

ヒュドラが先ほどから聞いていたものとは少し違った悲鳴をあげる。

そのまま、ヒュドラの上体が迫ってくるのを感じ、俺は慌ててその場から退散した。

大きな音とともにヒュドラの胴体が倒れ伏し、大きく地面を揺らす。そして複数の首もまた、力無く四方八方へ倒れ込んだ。

「はぁ、はぁ」

一息ついたところで天下無双の効果が切れた。俺は、慌ててルリエルに駆け寄る。

「ルリエル、しっかりしろ」

しかし、ルリエルは気を失っているのか、俺の問いかけにまったく反応しない。

浅い呼吸、このまま放っておけば彼女の命が危ないということは俺にでも分かった。

「『エリクサー』で回復させるか……、いや、そんなことをすればレベルが上がった俺が……」

俺はそう考えながら自分のステータスを確認する。

****

ラグナス・ツヴァイト

Lv：1

筋力：G

体力：G

知力：GG

魔力：G

速力：GG

運勢：GG

SP：1

スキル：【レベルリセット】【エリクサー】【ランダムスキル】【天下無双】

****

レベルが1のまま？　ヒュドラを倒したというのにか？

「いや、今はルリエルだ」

そんなことはどうでもいい。

とりあえず今はレベル1であることを幸運に思いつつ、俺はルリエルに向けて『エリクサー』を使用した。

瞬間、俺の手から放たれた白い光が彼女を包み込み、目に見える傷を癒《い》やしていった。

「かはっ！」

そして代償として俺の身体に彼女の傷が跳ね返ってくる。

体中がバラバラに砕けるような感覚。こんな状態で戦っていたっていうのか……。

やがてその痛みは『超回復』の発動により徐々に消えていった。

「ん……」

意識を取り戻すルリエル。

「ここは……」

彼女はゆっくりと上半身を起こし、周りを見渡す。そして俺の顔を見た途端、泣きそうな顔で抱き着いてきた。

「ルリエル!?」

「英雄様！　やはりロクスさんは英雄様だったんですね！」

「英雄様ぁっ!?」

訳が分からないことを言い始めるルリエル。英雄って何の話だよ。

「とりあえず元気になったのなら安心した。あとはもう一匹ほど治癒《ちゆ》させないといけない奴がいるからな」

俺は抱き着くルリエルを何とか引き剝《は》がすと、ゆっくりとヒュドラのもとへと歩き出す。魔物相手だけれど、多分大丈夫だよな。

「どうするつもりなんですか?」

背後からルリエルの声が聞こえる。

「こいつはあのユレーリスとかいう奴に操られていただけで、こいつ自身に罪はない。何しろこいつは聖獣だ。このまま死なすとなるといろいろと都合が悪いだろ」

聖獣がいなくなった土地は枯れ、衰退へ向かうらしいからな。

「複雑な気分です」

尚も納得いっていないような様子のルリエル。

まぁ、この子に関しては仕方のないことかもしれないけど……。

「元凶はあのユレーリスだ。石化病もあいつの仕業《しわざ》。そう考えるとヒュドラも被害者だろう」

そこまで言うとルリエルも「分かりました」と渋々納得してくれた。

さて、と俺はもう一度自身のステータスを見てみる。

＊＊＊＊＊＊＊＊＊＊＊＊＊＊＊＊＊＊＊＊＊＊＊＊＊＊＊＊＊＊＊＊

ラグナス・ツヴァイト

Ｌｖ：２

筋力：Ｇ

体力：ＧＧＧ＋

知力：ＧＧ

魔力：Ｇ

速力：ＧＧ

運勢：ＧＧ

ＳＰ：２

スキル：【レベルリセット】【エリクサー】【ランダムスキル】【天下無双】

＊＊＊＊＊＊＊＊＊＊＊＊＊＊＊＊＊＊＊＊＊＊＊＊＊＊＊＊＊＊＊＊

ルリエルを治癒したことで跳ね返ってきたダメージで俺のレベルが上がっているけれど、それでも2だ。ヒュドラの傷を癒やしても恐らく『超回復』は発動するだろう。

俺はそう考え、ヒュドラに近づき『エリクサー』を発動させる。

俺の手から放たれた白い光はヒュドラを包み込み、傷を癒やしていく。

ポッカリと空いていた胸の穴も鱗《うろこ》とともに再生し、傷一つなくなった。

そして案の定、俺の身体はヒュドラと同じ傷を負ったけれど、これも『超回復』ですぐに消えてなくなった。

胸に穴が空いたときは一瞬ヤバいと思ったけれど、本当に回復して良かった。

いつしかヒュドラのドス黒い体色は綺麗な青色へと変わっており、ゆっくりと開かれた目の色も赤色ではなく、綺麗なエメラルドグリーンになっていた。

起き上がったヒュドラには先ほどまでの殺気は一切なく、まるで見定めるように俺とルリエルを見ている。

そして九つの首が軽く会釈《えしゃく》をしたかと思うとゆっくりとした足取りで洞窟の奥の方へと歩いていった。

「お礼……、ですかね？」

ルリエルが俺の傍《そば》にやってきて小声で尋《たず》ねる。

「多分な。さ、用は済んだんだ。帰ろう」

俺は横たわったままのルリエルのお姉さん――リリエルを担ぎ、ルリエルにそう促した。

「はい、英雄様！」

するとルリエルは嬉しそうな顔でそう返してくる。

「だから何なんだよその英雄様って」

「英雄様は英雄様ですよ！」

そんなやり取りをしながら、元来た道を戻ろうしたけれど、今の俺には三メートルもジャンプができないので、やむなくルリエルの言う正規のルートとやらで帰ることにしたのだった。

「ルリエル！　それにリリエルも！」

俺とルリエルがローンダードに帰ると、待っていましたとばかりにロンド芸団らしき面々が迎えてくれた。

そして何故《なぜ》か俺に対しては殺気を込めた目線を送ってきている。

「お前か！　うちのルリエルをさらったのは！」

さらった？

あー、そういえば水晶の洞窟に一緒に向かうことをこいつらには伝えていなかったな。

っていうかそもそも最初に襲ってきたのはお前らの方だけどな。

「あー、団長。実は……」

怒り狂う団員たちをルリエルが何とかとりなし、ここまでのいきさつを説明してくれる。

夜襲が失敗した後のこと、旅の占い師ユリスこそが黒幕だったこと、水晶の洞窟で操られていたヒュドラを倒し、洗脳を解いたことなどなど。

そしてそれを聞いた団員全員が俺に対して土下座をしてくる。

「「「「すみませんでしたー！」」」」

全員が声を揃《そろ》えて謝罪を口にする。

いやいや、こんな街中だと目立つし、恥ずかしいだろ。俺は何とか場所を変えてくれるようルリエルに依頼し、ひとまずロンド芸団公演場の控え室に場所を移すことにした。


「「「「すみませんでしたー！」」」」

場所を変え、ロンド芸団公演場控え室。

改めて土下座を決める団員たち。「もういいから」と何とか団員たちを宥《なだ》め顔を上げさせることに成功した。

「いやぁ、でも申し訳ないです。まさか伝説の英雄様にこのような非礼を働いていたとは」

ルリエルが団長と呼んでいた恰腹《かっぷく》のいい男性が頭を掻きながら面目なさそうにそう言う。

「なぁ、その英雄様っていうのなんなんだ。ルリエルしかりあんたらしかり」

水晶の洞窟での出来事を話す際、ルリエルは事あるごとに俺を英雄様というスタンスで説明していた。

途中で突っ込むのも面倒くさかったのでそのままルリエルの思う通り説明をしてもらったけ

れど、まったく以《もっ》て俺には何の話だか皆目見当もつかない。

「英雄様は英雄様ですよ。話してないのかいルリエル？」

団長がルリエルに尋ねると、ルリエルははっとした表情になる。

「そういえば四百年前の英雄様についてまだ説明していませんでしたね」

今頃気付くのかよ。

まぁ、それまでは石化病の件で頭が一杯だったから仕方ないかもしれないけど。

「四百年前。えらく昔の話なんだな」

「はい。それはもう、私のご先祖様のお話でもありますから」

嬉しそうに語るルリエル。

「では、改めまして」

コホンとルリエルは咳払《せきばら》いを一つして、話を始めた。

「これは私のお師匠様から教えてもらった話です。今から四百年前。まだこの地がジュームダレトと呼ばれていた頃。世界は災獣《さいじゅう》と呼ばれる脅威《きょうい》に襲われていました」

災獣、初めて聞くな。

学校でも習ったことはないし、何なのだろうか。

「世界で観測された災獣は全部で七匹。聖獣すらも凌駕《りょうが》する力を持つその獣は、どこから生まれたのかさえ一切不明。ただ災獣が現れた先ではまるで大災害にでもあったかのような状態になることから『災獣』とそう呼ばれるようになったそうです。各国の王がその災獣に頭を悩ましていたところ、どこからか一人の青年が現れたそうです。彼は当時ゴドカフ海を根城としていた『青の災獣』と呼ばれる災獣を倒し、その力量を世界に示しました。そして彼のもとには災獣を倒すべく各国の王の血を引く人間が集《つど》ったのです。そのうちの一人が私のご先祖様、ジュームダレトの王族の踊り子でした。彼女はその青年と力を合わせ、この地に現れた『緑の災獣』と戦いました。敵は思ったよりも強く、青年の力を使っても苦戦を強《し》いられたそうです。そこで、踊り子は密かに編み出していた究極の舞を使い、自らの命と引き換えにチャンスを作り出しました。そして青年はそのチャンスを生かし、その『緑の災獣』を見事倒しました。やがて全ての災獣を倒した青年は、いつしか英雄と呼ばれるようになり、人知れずその姿をいずこかへ消してしまったそうです」

話し終わったルリエルは喉《のど》が渇《かわ》いたのか近くにあった水をグイッと飲み干す。

「なるほどな。話は何となく分かったけど、その話でどうして俺が英雄様なんだ？」

気になるのはそこ。

今のその話の英雄と俺とで、かろうじて共通するのは青年であるという点しかない。

「それは英雄様の強さの理由です」

「強さの理由……」

「はい。英雄様が何故《なぜ》災獣と渡り合えるほどに強かったのか。それはひとえに彼が持つスキルにあると伝えられています」

「スキル？」

「そうです。ロクスさんもご存じのとおり、私たちが修得できるスキルにはそれぞれ青、緑、赤、銀、金と五種類に分別されます。しかし、彼が修得していたスキルはそのどれとも違った。誰も見たことのないようなスキルを駆使し、災獣と渡り合っていた。その中には自身を虹色のオーラで包み、ステータスを爆発的に向上させるものもあったそうです。そのスキルを模して私のご先祖様が編み出した舞こそが天舞《てんぶ》―天ツ風《あまかぜ》―。そのスキルって、まさにロクスさんの『天下無双』そのものじゃないですか」

俺の中に衝撃が走る。

確かに、その話が本当なら、それはまさしく『天下無双』の特徴だ。

それを再現した天ツ風というのも石化していながらに見ていたけれど、出力の差こそありさえすれ、見た目的には完全に『天下無双』のそれだった。

「それとこれも最初の頃にちょくちょく出てくる話なのですが、その英雄様、普段はとっても弱かったらしいですよ。何故だかここ一番という時はありえないくらいに強かったらしいですけど」

「それはもしかして『レベルリセット』……」

「分かりません。でも私にはこれが偶然のように思えないんです。英雄様にはどのような傷もつけられなかったとも、英雄様はどんな傷でも癒《い》やす薬を持ち、見たこともない壮麗な武器を持っていたという話もあります。あと、英雄様の寵愛《ちょうあい》を受けた者は彼のスキルを貰《もら》えたなんて話も残っていますね」

後半の二つは分からないけれど、『超回復』に『エリクサー』っぽい話だな。

「五種類のうちには含まれないスキル。ロクスさんに会うまで私はこれが何なのかさっぱりわかりませんでした。でもロクスさんの話を聞いた後なら断言してもいいと思います。きっと英雄様が使っていたスキルは……」

「虹スキルだってことだろ」

「……はい」

俺がルリエルの言葉を引き継ぐと、彼女はコクリと頷《うなず》いた。

「偶然……って言う方が無理があるか」

あれも偶然、これも偶然、全てを偶然で片付けるのは簡単だ。

だけどそれで片付けられないほどに俺が持っているスキルと、その英雄の話との共通点が多いこともまた事実。

なるほど、ルリエルたちが俺を英雄様と言う理由が分かった。だとしても……。

「そうだったとしても、残念だけど俺は英雄じゃない」

これだけはきっぱりと言っておく必要がある。

俺は世界を救うなんて大それたことをしていないし今後するつもりもない。ただ、俺は俺の目的を果たすためだけに今こうしてスキルを集めているに過ぎないんだ。

「そんなことはないですよ」

しかしルリエルは、俺を英雄だと信じて疑わない、そんな眼差《まなざ》しで俺を見ながらそう告げた。

「そんなことはないって。何を根拠に……」

「私が傷つき倒れた時。颯爽《さっそう》と私を助けてくれたのはロクスさんじゃないですか。『後は任せろ』って、すごくカッコよかったですよ」

「い、いやあれはだな」

何だか面と向かって言われると急に恥ずかしくなってきた。コホンと咳払いをしてなんとか心を落ち着ける。

「そもそも、それまで頑張っていたのはルリエルだろ。俺は最後に止《とど》めを刺しただけ。言うなれば美味《おい》しいとこどりしただけだ。それにキースの助言がなかったらヒュドラも救えていたかどうか」

「それはロクスさんが石化していたから仕方のないことです。石化していなければあそこまで苦戦しなかったかもしれません」

尚も引かないルリエル。

彼女は何でここまで俺を持ち上げるのか。

「石化だってそうだ。俺がもっと思慮《しりょ》深かったらあんな失態を犯さなかった」

「姉様を助けてくれたからですよね。ロクスさんがいなければ、そもそも姉様を元に戻すことだってできなかったんです。本当に感謝してます」

そう言ってルリエルは頭を下げた。

「ロクスさんは世界を救うなんて大それたことは考えてないかもしれません。どこにでもいる普通の人なのかもしれません。でも、私にとっては、私と姉様を救ってくれた英雄様なんです。手立てがなくなって、絶望の淵《ふち》にいた私を救ってくれた英雄様なんです。それはたとえロクスさんといえども否定はさせません」

力強くそう告げるルリエルの瞳は確固たる意志を持っていた。何者にも曲げさせない、そんな強固な意志を。

「分かったよ。好きなように思っててくれ」

俺は観念し、一つため息をついてそうルリエルに伝えた。

「はい。好きなように思わせていただきます。あ、でも呼び方はロクスさんでもいいですか？」

「あぁ、それなんだけどな」

そういえば本名を伝えてなかったなと俺はルリエルに本名を告げた。

「ラグナス・ツヴァイト……」

「それが俺の本当の名前だ。ただ表では今まで通りロクスで通してほしい。あまり本名を使いたくないもんでな」

「そういうものですか……」

ふむふむと噛みしめるようにルリエルは頷く。

「分かりました。これから旅に同行する身ですので、その辺は気を付けます」

「あぁ、頼むよ……って、は？」

俺の聞き間違いだろうか。今、旅に同行するって言った？

ロンド芸団の団長もそれは想定していなかったのか、唖然とした表情でポロッと持っていたお菓子を落とした。

「待て待て。俺の聞き間違いだったらごめんだけど、これから旅に同行するって言ったか？」

「はい。聞き間違いじゃないです。そう言いました」

悪びれる様子もなく無邪気な笑顔でルリエルはそう返してくる。

「えっと……。連れていくとかっていう話になってたっけ？」

「いえ。今私が決めました」

だよな、そうだよな。俺そんな話ししてないよな。

一瞬フォーロックの奴が勝手に許可したのかと思った。

「今英雄様の話、聞かれましたよね？」

「あ、ああ。聞いたな」

「そういうことです」

「どういうこと!?」

彼女の言わんとすることが分からない。

どういう話になればそういうことになるのだろうか。

「いえ、ですから。四百年前の英雄様には私のご先祖様がお供をしました。ですので、今の英雄様には子孫である私が同行するのが筋かと」

筋ってなんだ筋って。

「それに私『愚者フィナルの冒険』みたいな冒険もしてみたいなって。ほら、フィナルもステータスを爆発的に向上させてヒュドラをこう、やっつけてたじゃないですか。そのあたり英雄様の話とも繋がりますし」

まぁ、確かにルリエルから聞かされた『愚者フィナルの冒険』に出てくるフィナルが英雄と似た力を持っているのは確かにそうだ。

というかこっちはフィクションなんだから単に昔の人が英雄の話を元にして作り上げただけだろ。

「別に俺は『緑の災獣』を倒すとかそんなことしないぞ」

とりあえず英雄のような世界を救う旅ではないことは伝えておく。しかし、ルリエルはそんなことは百も承知と頷いた。

「はい。私はただご先祖様と同じように英雄様の傍《かたわ》らにいてともに戦いたいだけです」

「戦うって……何と？」

「えーっと。ロク……じゃなかった、ラグナスさんの敵とです！」

何だかすごくふわっとしてるな。でも今までのやりとりで何となくルリエルが思っていることが分かった気がする。

「要はさ、単純に俺に付いてきたいってこと？」

「端的に言えばそうです。私もロクスさんに同行させて……」

「ダメだ」

「ください！　ってなんでですかっ！」

彼女が言い終わるよりも前にその申し出を却下する。それを聞いたルリエルはムスッとした表情で抗議してきた。

「理由を教えてください。じゃないと納得できません」

「あのなぁ……」

俺は頭を掻きながらため息をつく。

「さっきも言ったと思うけど、俺は世界を救うなんて大層なことをするつもりなんてないし、今こうやっていろいろやっているのもあまり褒められた理由からじゃないんだよ」

そう、俺の目的は今でも変わらない。

こと『エリクサー』に限ってはルーシィのためだけれど、俺の本来の目的は俺を奴隷のように扱ったあいつらを見返すことだ。

言ってみれば私怨を晴らすため。そんなものにルリエルを巻き込むことなんてできない。

何度も言うが、決して俺は英雄なんていいものではないのだから。

「それにルリエルはまだ子供だろ」

ヒュドラ相手に大立ち回りを繰り広げたとはいえ、ルリエルはまだ子供。

今回のような危険な橋を渡ることがあと何回待ち受けているか分からない旅に連れていくことなんてできようはずがない。

「失礼ですねっ！　私もう十四歳なんですよっ！」

「えっ？」

俺は自分の耳を疑った。今十四歳って言った？

「ですから、私はもう十四歳なんです！　ラグナスさんとそんなに歳は変わらないと思いますけどっ！」

プンスカと頬を膨《ふく》らませながら怒るルリエル。

いや、俺と三つしか違わないの？　えっ、嘘だろ？

さすがに十歳くらいと思っていたとか言ったら怒るよな。だけど、いや、うーん。

「コ、コホン。それでもだ。せ、せめて今の俺と同じ年くらいになってからじゃないとな」

何とか言い訳を捻《ひね》り出した。

「そんなに違いますかね？」

ジト目で突っ込むルリエル。やばい変な汗が出てきた。

「違うんだっ！」

自分でも苦しい言い訳だとは思っている。

だがここで折れては彼女のためにならない。ここは心を鬼にしてでも断らなければ。

「……」

しばし考え込む素振りを見せるルリエル。このまま引き下がってくれるといいのだけれど。

「……たらいいんですね？」

「ん？」

「今のラグナスさんと、同じ年齢になったら同行を許してもらえるんですね？」

彼女はこちらを真っ直ぐ見つめながら、そう俺に念を押してくる。

少なくとも本来の理由は、巻き込みたくないというものだから年齢自体は関係ないのだけれど……。

「ああ、そうだな」

やっと見えた妥協点《だきょうてん》。

とりあえずここら辺で手を打っておかないと、いつまでも引き下がってくれなさそうだしな。

それに同じ年齢ということは今から三年後だ。その頃には、確証はないけれど何かしらどうにかはなっているだろう。

「約束ですよ」

「分かった。約束する」

こうして何とかルリエルは引き下がってくれた。

あとは頼んだ、三年後の俺。

◇

翌日。

俺はローンダードからスカーレットの屋敷近くの村へ向かう馬車に揺られていた。その中でずっと考えていたのはフォーロックのことだった。

ルリエルたちと別れた俺は、ひとまずフォーロックの行方《ゆくえ》を捜すため、ギルドを訪ねた。

「キースさん……ですか。いえ、ギルドには立ち寄られていませんね」

受付に確認するも情報ゼロ。

ギルド内や酒場などでフォーロックの風貌を伝え、こんな奴知らないかと聞いて回るもこちらも収穫ゼロ。

再度ロンド芸団の公演場に立ち寄り、団員たちにも聞いてみたけどみんな知らないとのことだった。


あの時フォーロックは「やることができた」と言ってユレーリスとともに姿を消した。

その時のあいつは今まで話していたフォーロックではない、何か別人のように思えた。

左手の中指、返しそびれた防石の指輪を眺める。

フォーロックとはリュオンの追撃から逃亡する過程で手を組んだだけに過ぎない。本当の意味での仲間とは少し違う。

だからあいつに、他に優先すべきことが見つかったのならそれを阻《はば》む権利は俺にはない。けれど……。

「せめて理由くらいは話してくれよな」

今回の件だってまったく関係ないのにフォーロックは手を貸してくれた。

当然俺としてはまずルーシィの呪いを解くことを優先するけれど、その後だったら俺だって微力ながら力になれたかもしれない。

短い間とはいえ、背中を預けた間柄だ。力を貸してほしいと言われれば、喜んで協力したんだけどな。

結局フォーロックの手がかりを見つけられなかった俺は、ずっとローンダードにとどまっているわけにもいかなかったので、ひとまずスカーレットの屋敷へ帰ることにした。

まるで人が変わったかのような言動、そして急な蒸発。

考えれば考えるほど頭はこんがらがるけれど、これ以上考えていても仕方がない。まずはルーシィの呪いを解くところからだ。


馬車に揺られること数時間。俺はスカーレットの屋敷近くの村で馬車を降りる。

陽《ひ》はすっかりと落ち、空には星が輝いていた。

ここからならすぐに到着するだろうと、俺は天下無双を発動させる。

虹色のオーラに包まれたのを確認すると、スカーレットの屋敷へ向けて駆け出した。

木々の間を抜けていくと、見慣れた湖が俺の目の前に現れる。岸ぎりぎりで地面を蹴り、湖を飛び越え、俺はスカーレットの屋敷の庭に着地した。

第9話 ◆ 月夜の追懐

赤い髪の青年は黙したまま歩く。

その青年の背中には同じく赤い髪の一人の少女。青年はひたすら北を目指し、リーゼベト国内の土地を歩いていた。

「悲惨なものだね」

荒廃した大地、その上をわずかな雪が覆《おお》っている。

王都スノーデンの跡地であるそこには、かつて『白氷《はくひょう》の青殿《せいでん》』と呼ばれる、それは美しい王城があったという。

青年はその王城を見たことがなかったが、せめて滅びる前に一度、その美しさを拝見したかったと思う。

魔法王国ユーレシュという国が滅びて数カ月。ユーレシュであった土地は全てリーゼベト領となったものの、未《いま》だにこの地には誰一人として足を踏み入れることはない。

それは『ユーレシュの厄日《やくじつ》』と呼ばれるその日、ついにスノーデンを陥落させたリーゼベト軍が一夜にしてその都市ごと姿を消したことに起因する。

この地にいたリーゼベトの兵はことごとく消息を断っており、ただ、後に到着したリーゼベト七星隊第五番隊の隊長と、様子を見に戻った当時の第七番隊の隊長の二人により、そこに存在していたのは荒廃した大地のみだったということが国王に告げられた。

その事実に総隊長であるジュリウスですら息を飲む。

それは当時第一番隊の副隊長であったフォーロックも例に漏《も》れず、ただ「ありえない」とうろたえていたことを思い出し、キースはふっと笑みをこぼした。

ただ、あの時国王のロネだけは「それで、ニナは？」と口にしていた。

その後、第四番隊の隊員により王女発見の報がもたらされたものの、この時誰しもが、「この国王は何を言っているんだ？」と思っていただろう。

全てを見通していた賢王なのか、はたまた欲に溺《おぼ》れたただのバカなのか……、いずれにしてもロネが不気味であることに変わりはない、とキースは思う。

結局何故《なぜ》その集団神隠しのような現象が起こったのか、その原因は解明できず結果として様々なことがうやむやとなったまま戦いは終結、リーゼベトの勝利となった。

しかしこの奇怪な事件はリーゼベトの王城内を震撼《しんかん》させ、結果としてこの荒廃した土地は、安全性が担保《たんぽ》されるまで立ち入り禁止となった。

その調査が進められている気配はまったくないので、いつになればここにリーゼベトの手を加えられるのかは不明ではあるが。

ただ、キースはこの土地が安全であることに確信を持っていた。

何故か。それはニナがラグナスに対して語った『ユーレシュの厄日』の真相を聞いていたから。

その日、フォーロックは『可憐な妖精亭』なる宿屋で襲撃を受けて気を失ったと同時に、キースに入れ替わっていた。

キースはその襲撃者たちに担《かつ》がれながら、どういった状況になっているのか冷静に観察する。

そしてすぐさま危険性はないと判断し、そのまま気絶しているフリを続けた。

やがてラグナスとニナが痴話《ちわ》喧嘩を始め、そのまま部屋を出ていく。

そのタイミングでキースは起き上がる。

記憶はフォーロックと共有しているため、あの二人のことは知っている。だからこそどんな目論見《もくろみ》でフォーロックを助けたのか、その胸の内が知りたい。善人か、それともその皮を被《かぶ》った悪魔か。

キースは少し時間を置き、部屋の中から扉に耳を当てた。

廊下には二人の気配はない。ゆっくりと扉を開け、目でも二人がいないことを確かめる。

襲撃者の話では確か隣がニナという子の部屋だったはず。そちらに足音を立てずに近寄り、そして部屋の外からの扉に耳を当てた。

「少し……、お話をしませんか？」

微《かす》かだが中の音が聞こえた。

どうやらニナが何か話をしたいと持ちかけているようだ。

少しのやり取りの後、ニナが自身の過去を語り始める。

その中で特にキースの興味を引いたのが、あのリーゼベトとユーレシュとの戦いの話。

荒廃した大地、消えたリーゼベト軍。『ユーレシュの厄日』と呼ばれるあの日に起こった真実。

なるほど、そういうことが起こっていたのかとキースは納得する。

「何でもない。じゃあ俺はもう寝るからな」

「うん。おやすみ」

おっと、そろそろ危ないな。

二人の会話が終わったことを悟ったキースは、足早に自分の部屋に戻り、眠っているフリをした。

数秒後、ラグナスがこちらの部屋に帰ってきて、自身のベッドに潜り込み、ほどなくして寝息を立てはじめる。

元凶である禁魔法はニナの名前を奪い、そのまま満足して消え去った。

だからこそ荒廃した大地にもはや危険性はない。これはいい情報を手に入れたとキースは思うと同時、自分自身に向けてこう告げる。

「いいね。このことは気付いていないフリだよ」

フォーロックの記憶をキースが共有できるように、キースの記憶もフォーロックは共有できる。

こう自分自身に言い聞かせておけば、もう一人の自分にも伝わるという寸法だ。

キースは自身の行動がバレないよう相方に釘を刺しておき、そのまま意識を譲った。

ニナの話を聞いておいてよかったと思った。

でなければリーゼベトの軍の目をかいくぐり、北へ向かうことなどできなかっただろう。

隣国からのルートは安全だけど、使うには時間がかかりすぎる。すぐに向かうには、限りある人物だけしか存在を知らないユーレシュからの裏ルートを通るしかない。

キースは、ザク、ザクと、薄く積もった雪を踏み鳴らして歩く。そしてふと空を見上げた。

「満月か……」

漆黒《しっこく》の空に煌々《こうこう》と光る金色の満月。

それを目にした瞬間、忌々《いまいま》しいあの日の記憶がキースに襲い掛かる。

必要とされ、自分が生まれたあの日の記憶が。

◇

――お兄……ちゃん――


轟々と燃え盛る炎の海の中。

赤い髪の少年は、ススけた顔で立ち尽くしていた。目の前には自身と同じ赤い髪の幼き少女が血塗《ちまみ》れで倒れている。

「ユーリス……」

少年は少女の名前を呼んだ。

揺れる眼《まなこ》。思うように少女を視界にとらえることができない。

「逃げ……て……」

少女からは弱々しい声が返ってくる。

死の淵《ふち》にいながら、尚も少女は朦朧《もうろう》とした意識の中懸命に手を伸ばす。ただ、兄に逃げてと、そう伝えるために。

「うわあああああっ！」

空気を切り裂くほどの叫び。

その叫びとともに少年は膝《ひざ》から崩れ落ちた。

数秒の時が流れる。

その間に少年の中で何が起こったのかは分からない。

ただ、優しかった少年の瞳からその温かい色は失われ、悪寒《おかん》が走るほど冷徹な眼差《まなざ》しへと変わった……その瞬間だった。

あれほど轟々と燃え盛っていた炎の海は、一瞬にして真っ白な氷の壁へと姿を変えた。

少年はゆっくりと立ち上がり、少女に近寄る。

「……」

少年は黙したまま、命の灯《ひ》が消えようとする少女を眺めた。

そして少女の横にしゃがむと、抱きかかえる形でゆっくりと持ち上げる。

「……」

瞬間、氷の壁のある箇所に亀裂が入り、その部分だけが砕け散った。

その先はまるでこの空間からの脱出口であるかのように、人が通れる道が出来上がっていた。

「……」

少年は何も言わずそこを進む。

どのくらい進んだか、やがて出口らしき箇所が見えてくる。

ふと、抱《かか》えていた少女を見ると、道中抱えながらずっと魔法で治療をしていたおかげなのか、まだ命は繋げていた。

とはいえ危ない状況であることに変わりない。少年は足早にそちらへと向かった。

抜け出た先は、かつて見たことのある景色。

自分たちが暮らしていた街の出口だった。


ふと少年は空を見上げる。

そこには煌々と光る金色の満月。

少年は、その月を、この日を絶対に忘れないためにと目に、脳裏に、心に焼き付ける。

そして地面を力強く蹴ると。大切な妹を助けるため、少年は走り出した。

◇

在《あ》りし日の記憶が蘇《よみがえ》り、キースはすっと月から目を逸《そ》らす。

「これが運命だというのなら、神様はよほど僕たち兄妹《きょうだい》が嫌いなようだ」

そして誰に対して伝えるでもなく、ボソリと一人呟《つぶや》いた。

「ん？」

ふと前を見ると、遠くに人影が見える。

目を凝《こ》らしてみるとそれは目深《まぶか》にフードを被り、ローブに身を包んだ人物。

恐らく体格的に人間かそれに近しい種族のようだ。その人物は何やら両膝《ひざ》をついて、荒廃した大地に向かって祈りを捧《ささ》げていた。

怪《あや》しい人物に警戒しつつ様子を窺《うかが》っていると、やがてその人物は立ち上がる。

その時キースの目にはっきりと、悲しそうな表情を浮かべながら涙を振り払うその顔が映った。

「なんだ」

キースは問題ないと警戒を解く。

しかし、なぜ彼女はここにいるのか。キースは思い当たる可能性を考え、一つの結論に辿《たど》り着いた。

「精霊郷《ローレライ》か」

幸いにも彼女はこちらには気付いていない。

そのままキースは護衛も兼ねて彼女の後ろを、気付かれないよう離れて付いていくことにした。

「彼にはあれこれ押し付けてしまったしね。これで貸し借りはなしってことで」

キースたちがこれから向かうのはユーレシュよりもさらに北に位置する国ノースラメド。

絶氷《ぜっぴょう》の地とも呼ばれるその国は、まるで人を寄せ付けないように全てが雪と氷に閉ざされている。

そんなノースラメドに唯一《ゆいいつ》存在する、人々が住む街。そこへ向けて、キースは歩を進めた。

◇

「退屈じゃの」

誰もいない屋敷の中。

豪奢《ごうしゃ》な椅子に腰を掛けた少女は、一人虚空《こくう》に向けてそう呟く。いや、正確には預かっている子が一人いるにはいるけれど、今はスヤスヤと寝息を立てている頃合いか。

「まったく。ラグナスはいつになったら帰ってくるのじゃ」

少女は数週間前に送り出して以降、まったく音沙汰《おとさた》のないラグナスに苛立《いらだ》ちを覚えていた。

予定ではもっと早く帰るはず。

それとも自分が一緒に行かなかったせいで手間取っているのだろうか？

まぁ、今回は手を出さずラグナスに全てを任せると決めたのだ。ここはドンと構えて待つとしよう。

「それに退屈には慣れっこじゃしの？」

そう尋ねたのは、彼女の肩に止まった一匹のコウモリ。

自身の眷属《けんぞく》ではないそのコウモリは、今までラグナスの動向を見守っていたコウモリだった。

今回はそのコウモリと、正確に言えばそのコウモリの主《あるじ》と話がしたかったがために、ここに残るように伝えておいた。

恐らくラグナスは何事もなく『エリクサー』を手に入れ戻ってくる。

そう確信していた少女は、同行は不要であると判断したのだ。ただここまで時間がかかるというのは想定外だったが。

「ああ、そうじゃな。お互い長い時を生きてきたのじゃ。確かに今更何を焦《あせ》ることもないか」

コウモリが何かを呟いたのか、少女は軽く微笑みを浮かべる。

「おいおい。言うに事欠いて人を婆さん呼ばわりするとは。確かにお主《ぬし》より儂《わし》の方がほんの少しばかし年上じゃが、今はピチピチの五歳肌じゃぞ」

少女は眉毛をへの字に曲げてコウモリに文句を言う。が、すぐにふぅと落ち着きを取り戻し、穏やかな声で続けた。

「……、まぁそれはお主にとっても同じことかもしれんがの。自ら手を伸ばしたとはいえ、お互い人を辞《や》めた者同士じゃからの」

少女のその一言でしばしその空間を静寂《せいじゃく》が包む。が、すぐにそれをやぶったのは少女の方だった。

「それよりも聞きたいことがあるんじゃが」

何だと言わんばかりに宙を飛んでいたコウモリが少女の肩に止まる。

「お主から見てラグナスはどう映った」

少女の問いにコウモリが何かを返しているのか、ふむふむと少女は頷《うなず》く。

「確かに。あの人に似ているというのは儂も否定せん」

そしてまたふむふむと少女は頷く。

「……、なるほどのぅ。確かにお主の言う通り今はその片鱗《へんりん》はない。じゃが一度歯車が狂ってしまえば連鎖的に絶望へと向かうのじゃ。儂は――、そんな未来を見た。いつしかそう話したじゃろう」

少女はコウモリの言葉に耳を傾ける。

少女にだけしか聞こえないコウモリの言葉に。

「そうじゃな。これからのラグナスを見てそれは判断してくれたら良い。少なくとも儂は……」

少女はその言葉と同時に椅子から立ち上がり、ゆっくりと椅子の後ろに回り込む。

「ラグナスを正しい方向へと導く……それだけじゃ」

椅子の背後にある大きなガラス窓。そこから少女は空を見上げ、一つため息をついた。

「今宵《こよい》は綺麗な満月じゃの」

空には黄金の満月。

それを見てまた一つ少女はため息をつく。

「満月はやはり嫌いじゃ。いつも思い出してしまう」

少女はそれだけボソリとこぼすと、視界からそれを消すように窓に背を向けた。嫌でも思い出される、遠い、遠い、昔の記憶。

◇

――なぁお前、名前は？――


「名前……、そんなのはない」

傷だらけの幼い少女。

そんな少女に差し伸べられた手を、少女はただ見つめたまま告げる。

「そうか……」

少女に手を差し伸べたのは、どこにでもいるような青年。

青年は、少女の白髪とは対照的な黒髪を掻きながら困った表情で考え込む。

「んー、じゃあスカーレットっていうのはどうだ？」

「スカーレット？」

「ほらお前、髪とか肌とか真っ白だろ。だからこそその緋色の眼がすごく映《は》えるっていうかさ。だからスカーレット」

青年は「ピッタリだな」と付け加えてウンと頷いた。

「スカーレット……、スカーレット……」

少女は噛みしめるように自分に与えられた名前を何度も呟く。

「気に入ったか？」

青年からそう尋ねられるが、どう答えてよいか分からず少女はうつむいた。

嬉しさや喜びといった感情が思うように言葉にできない。

「あれ？　あんまりだったか？　別のがいいかな……」

すると、少女が嫌だと思っていると誤解をしたのか、青年はその名前を撤回しようとする。

少女は慌《あわ》てて首を大きくブンブン振って違うことをアピールした。

そして消え入りそうな声で精一杯青年に伝えた。

「嫌じゃない」

「そうか」

青年はそれだけ告げると柔らかな笑みを浮かべて、ポンポンと少女の頭を撫でた。

「若殿《わかどの》！」

　すると青年の背後から年老いた男性の声が聞こえる。

「どこに行ったのかと思えばこんなところで……、おや？　その童《わらべ》は？」

　青年の後ろから現れたのは灰色のローブを纏《まと》った老人。

　老人は、皺《しわ》が刻まれた顔に更に皺を寄せ、少女を見やった。

「あぁ、拾った」

「拾った⁉」

　それを聞いた老人は素《す》っ頓狂《とんきょう》な声をあげて驚く。

「急に姿を消したと思ったら童を拾ったじゃとな。儂も長いこと生きてはおるが、いつも若殿のすることには驚かされるばかりじゃて」

「ディムは大げさなんだよ……、あ、そうだ！　ついでだしこの子の世話をこれから頼むわ。あと精霊術の指南も。お前も勉強したいって言ったよな、精霊術」

　青年に振られた少女は黙ったまま頷いた。

「は⁉」

「俺が面倒見るとなるといろいろと危ないことも多いしさ。それに俺、精霊術使えないし」

「そ、それは分かるのじゃが……」

「いや、ディムって面倒見いいだろ。ほら、いつぞや助けた精霊だってディムが面倒見てくれてるじゃん」

「それは若殿が何でもかんでも『じゃあディィム、よろしく頼む』と全部儂に丸投げするからなのじゃ！」

ディムという名の老人は、「いい加減にしてほしいのじゃ」とため息をつく。

だが、それでもこのディムという人物は人が好《い》いのか、少女に歩み寄るとポンと頭に手を置いた。

「してお主、名は？」

ディムは先ほどと打って変わって優しい声で少女に尋ねる。

「……、スカーレット……、なのじゃ」

「なのじゃ!?」

驚くディムに、少女は指を差して「真似」と一言呟いた。

「あはははは。そうきたか。良かったなディム、懐かれたみたいで」

そのやり取りを見ていた青年は腹を抱えて笑い始める。

「若殿は他人事《ひとごと》だと思って……。あのなスカーレット。儂が言うのも何じゃが、こんな爺臭《じじくさ》い喋《しゃべ》り方はやめるのじゃ。お主には似合わんぞ」

たしなめられるように言われ、少女はコクリと頷いた。

そんな少女の頭に、老人のとは違う手がポンと置かれた。見ると先ほどまで大笑いしていた青年が、こんどは穏やかな笑みを浮かべて立っていた。

「スカーレット。ディムは最高位の精霊術士だ。それだけの魔力量を秘めているお前だったら、きっと強くなれる」

そしてガシャガシャと乱雑に少女の頭を撫で回した。

「若殿……、もしやそれを見越して儂に面倒を見ろと……」

「いや、それは、ただ面倒事は全部ディムに押し付けてるってだけ」

「……。一瞬でも信じた儂が馬鹿だったのじゃ」

そして今日一番の深いため息をディムはついた。

そしてディムは改めて少女に向き直り、目線を合わせる。

「スカーレット。儂が弟子にするからには、お主には儂の全てを全身全霊こめて伝えるのじゃ。それは即《すなわ》ち今この世界で判明している精霊術の全てを究《きわ》めるということ。精霊術を究めることは並大抵のことではないのじゃ。地獄の方がまだましだということも多々あるじゃろう。それでもお主は儂に精霊術を習いたいと、そう申すのじゃな」

ディムは少し厳しめの口調で少女に問うた。

こんないたいけな少女をどっかの考えなしの気まぐれなんかで修羅《しゅら》の道に落とすことはできない。

願わくば断ってくれ。そう祈っていたディムの期待を裏切るかのように、少女は「いいからさっさと教えるのじゃ」とのたまった。

「若殿。最悪この童が死んだら許してほしいのじゃ」

前言撤回。どうやら性根から叩き直す必要性があるらしい。

「おういいぞ。そのくらいじゃなきゃ意味がないからな」

青年の了承を得たディムは、少女に向けて不敵な笑みを浮かべる。

「だそうじゃ、良かったのうスカーレット。賢王と呼ばれるこの儂の英才教育が受けられるのじゃ。この世界に存在する全ての金と天秤《てんびん》にかけてもまだこちらの方が価値があるぞ。その意味がお主には分かるかの？　いや、分からんじゃろうてな」

おとなげなく少女を煽《あお》るディム。しかし少女は表情一つ変えずこう言い返した。

「御託《ごたく》はいいのじゃ」

「上等なのじゃーーーー！」

◇

脳裏に過《よ》ぎったのは楽しかった頃の記憶。まだあの時のものでなくて良かったと、ホッと胸を撫で下ろす。

「ディム先生。今は精霊術がなくとも魔法というものが存在するのじゃ。ディム先生のこと、……生きていたら、きっと目を輝かして『素晴らしいのじゃ！』と言ってくれるのじゃろうな」

尚も空で光を放つ月を見ながら、スカーレットは目を細めてそうこぼした。

「……、あぁ、すまんすまん。あの人と、ディム先生のことを思い出しておったのじゃ。お主は違うことを思い出しておったのかの」

コウモリに向け、そう尋ねるスカーレット。コウモリは何かしらの言葉をスカーレットに伝える。

「そうか。それはまた災難じゃったの。じゃがその背負った業《ごう》、責務を果たすため、儂もお主もここに生きておる。いずれそれが果たされた時、潔《いさぎよ》く儂はここを去ろう。全てを本来の持ち主であるお主に返してな……、おや？」

ふと窓の外を見ると何者かが屋敷の庭に降り立ったのが見えた。

「あやつ、天下無双で帰ってきたのか。出迎えの準備くらいさせてほしいところじゃて」

とは言いつつもスカーレットは微笑む。

天下無双で帰ってきたということは、それだけ早く帰還したかったということ。よっぽどルーシィが大事なんだなと思わず笑みがこぼれた。

「さぁ、話は終わりじゃ。儂はこれからまた一仕事あるのでな」

コウモリとの話を打ち切り、スカーレットは入り口に向かって歩き出す。

その最中《さなか》、スカーレットの脳裏に、とある人の姿が再度現れ、思わず笑みを浮かべた。

「いよいよです。どうか見ていてください、ラグナス様」

そしてスカーレットは屋敷の入り口の扉を開ける。

エピローグ ◆ ずっとそばにいてくれてありがとう

馬のルーシィと初めて出会ったのは、まだ俺が八歳の頃。

ちょうどルーシィの国との戦いが終わった直後のこと。ボルガノフが、殺すには惜しい綺麗な馬を拾ったとツヴァイトの屋敷へ連れ帰った時だ。

「ラグナス。この馬の世話を頼む」

そう言いつけられた俺は、毎日毎日その馬の世話をした。

最初は薄汚れていて、ボルガノフが言うほど綺麗かなとも思っていたけれど、洗い終わったその姿を見てラグナスは感嘆した。

綺麗な白い馬体に薄《うっす》ら青みがかったたてがみ。

両の瞳はオッドアイなのか右目が瑠璃《るり》色、左目が白色。

馬界に階級というものが存在するのならば、間違いなくこの子は貴族だろうなと当時の俺は思った。

ルーシィとはその後もいろいろな縁で一緒にいることが多かった。

それこそ奴隷同様の扱いに落とされた時も、隣で暖をとらせてくれたのはルーシィ。

思えばルーシィがツヴァイトの屋敷に来てから、毎日のように顔を合わせていたように思う。

そして別れ際《ぎわ》。

それほど一緒にいたにもかかわらず、名前すら付けていなかったことに俺は気付き、その姿を死んだルーシィに重ねて、そのままルーシィと名付けてしまった。

今にして思えばいつまで引きずっているのだと自分でも思う。

まぁ、今でも引きずっているのは間違いないけど。

そんなことを考えながら俺はアイリス湖を飛び越え、屋敷の庭へ着地した。


「まったく。騒々しい帰還じゃの」


屋敷の方から懐《なつ》かしい声がする。

そちらへ顔を向けると、スカーレットが屋敷の扉の前に立っていた。

「外に出てもいいのか？」

「太陽が出てなければ問題ないのじゃ」

そういえばそんなことを言っていたような気もするな。

「それよりもルーシィが中で待っておるぞ」

それだけ告げると、スカーレットは屋敷の中へ消えていく。俺も慌《あわ》ててスカーレットの後を追った。

◇

「ルーシィ！」

いつもの謁見《えっけん》の間《ま》。

俺がそこへ到着すると、何故《なぜ》だかそこにいたルーシィが嬉しそうに駆け寄ってきた。

「遅くなって悪かったな……。って、お前元気じゃないか？」

ブルブルと鼻を鳴らしながら、顔を擦《こす》り付けてくるルーシィ。

あの憔悴《しょうすい》しきった姿とは打って変わって、今目の前にいるルーシィはいつも通りのルーシィそのものだった。

「さて、ルーシィの解呪の件じゃが、ちょうどタイミングよく日が変わるの。お主《ぬし》に呪いが跳ね返ってもすぐにレベルリセットで元に戻るじゃろ」

「やっぱりエリクサーのデメリットを知っていたんだな。それにレベルリセットの状態異常解除も」

俺はため息交じりにそう呟《つぶや》いた。

知っているのに教えてくれないこと、それについてはもはや強く突っ込む気にもなれない。

それよりも気になる点をスカーレットに尋《たず》ねてみる。

「ルーシィはもう元気じゃないか。呪いなんて本当にかかっているのか？」

「ルーシィが弱っていたのは単に少し頑張りすぎただけじゃ。呪いはそれとは別にある」

「頑張りすぎただけ!?　それに別にあるってなんだよ」

「エリクサーを使ってみれば分かるのじゃ。ほれ、さっさとせんと日付が変わってしまうぞ」

謁見の間の壁にかかっている時計を見ると、確かにスカーレットの言っていることは正しかった。

まぁ、どんな呪いであったとしてもレベルリセットが解決するのなら問題はないだろう。

俺はそう自分に言い聞かせ、ルーシィにそっと手を伸ばし、エリクサーを発動させた。

俺の手から発現した白い光は、ルーシィを包み込んでいき、やがて馬から人の形へと……。

ん？　人の形？　そう思った瞬間、急に体が重くなる感覚に襲われた。


「ヒヒン？」


あれ、喋《しゃべ》れない……？

いや、これ俺が馬になってないか!?

と、思ったらレベルリセットが発動したのか、元の俺の身体へと戻った。

「おい、いったいどうなって……」

スカーレットに詰め寄ろうとすると、馬から人へ変貌を遂《と》げたルーシィがくりくりとした目を大きく広げてこちらを見つめてくる。

見れば腰まで伸びた瑠璃色のサイドテールの少女。薄手の白いワンピースに身を包んだ彼女の瞳は、片方は透き通るような白色で、もう片方は髪と同じ綺麗な瑠璃色だった。

顔の造作や姿形から恐らく俺と同い年くらいだと思う。

けど、それよりも……。


すると不意に体全体に温《ぬく》もりを感じた。

優しい風に乗り、俺の頬を撫でた淡く甘い香り。春の光を受けた花のような、そんな温かな香り。

彼女の顔が胸元にあることに気付き、そして抱き着かれているという事実をしっかりと認識した。

この子……、いや、まさか……、嘘だろ……。

「どうじゃ。体は特に異常はないかの？」

俺が戸惑《とまど》っていると、柔らかい声色でスカーレットが少女へと尋ねる。

少女はそれを受けて、俺から離れコクリと小さく頷《うなず》いた。

「声は出せるか?」

「……はい」

少女は消え入りそうな声でそう返事をする。

鈴を転がしたような声。あの頃よりも少し大人びてはいるものの、その彼女の声音で俺は確信した。

「よし。では、自分の名前は言えるか?」

スカーレットからの問いかけに少女は再度小さく頷き、答えた。

「私は……」


会いたかった。

死んだと聞かされたあの時から。助けられなかった自分を責めたあの時から。

止めどなく溢《あふ》れ出る涙を袖口《そでぐち》で拭《ぬぐ》う。

呼んでほしかった。

もう一度『ラグ』と、その声で。

拭っても拭っても溢れ出す感情。それは俺の顔から滴《したた》り落ち、地面を濡らす。

見たかった。

もう一度、その太陽のような笑顔を。

何で俺はこんなに近くにいたのに気付いてあげられなかったんだろう。

奴隷のような扱いだったあの時から。

最初から変わらず、俺に優しくしてくれたのは彼女だけだったというのに。

ごめん。気付いてあげられなくて……、本当にごめん。

―　ラグっ、大好き　―

「私の名前は……、エアリルシア・ロギメル……です」

「ルーシィ！」

俺の声にルーシィはこちらへ振り返る。

間違いない、ルーシィだ。あのルーシィなんだ！　俺は居ても立ってもいられず、彼女をそのまま抱き寄せた。

「会いたかった……。ずっと、ずっと会いたかった！」

「ラグ……」

ルーシィはそっと身体を俺に預ける。

「私、傍《そば》にいたよ……。ずっと、ずっと傍にいたよ」

「ああ、ごめん。気付けなくてごめん」

彼女の声はしだいに涙を交え、かすれていく。

「ううん。最後にラグは気付いてくれた。私のことをルーシィって、そう呼んでくれた」

涙はポロポロとルーシィの頬を伝い、俺の胸を濡らした。

「嬉しかった。ラグが……、ラグだけが私が生きていることに気付いてくれた」

俺を見上げるルーシィの顔は、涙でぐしゃぐしゃだった。

目を真っ赤にして、顔もうっすらと紅潮して。

「ありがとう、私を見つけてくれて。ありがとう、私を元に戻してくれて」

「それはこっちのセリフだ」

多分俺もダサい顔になっているんだろうな。だけどそんなことは関係ない。ただ、ルーシィに言いたかった。伝えたかった。

「ありがとう、生きていてくれて。それから……」

次の俺の言葉をルーシィは黙って待つ。

俺は一呼吸置いてゆっくりとルーシィの目を見つめて告げた。


「ずっとそばにいてくれてありがとう」

「うん！」


そう言って頷くルーシィ。

「ねぇ、ラグ」

「ん？」

ルーシィは目元の涙を拭い、そして精一杯の笑みを浮かべて言った。

「大好き！」


満面の笑みのルーシィ。

それは、夢でもう一度と願ったあの笑顔。

それは、あの日と同じ太陽のような笑顔。

それは、二度と戻ってこないと思っていたはずの笑顔。

そんな笑顔がそこに確かにあった。

◇

「コホン。イチャついているところ悪いんじゃがそろそろええかの？」

不意にスカーレットの声がして、俺は我に返り、恥ずかしくなって慌ててルーシィから離れた。

ルーシィが寂《さび》しそうな表情を見せたのに気付いて、少し罪悪感を覚えたけれど、よくよく考えれば俺もルーシィもあの頃みたいにもう子供じゃない。

やっぱり過度なスキンシップは良くないよな。うん。

「ラグナスよ。ルーシィには昔と違っているところがあるんじゃが、そこには気付いたかの？」

「違っているところ？　ああ、そういえば……」

ルーシィに会えた嬉しさで忘れていたけれど、確かに違和感が一点だけ。

「ルーシィ。その左眼どうした？」

確かルーシィの瞳の色は、両方とも髪の色と同じ瑠璃色だったはず。

右眼は昔のままだけれど、左眼は透き通るような白い瞳をしている。そう、その色合いはまるで……。

「いや、ちょっと待て」

俺はルーシィへと近寄り、そっと彼女の頰を両手で挟み、左眼を覗《のぞ》き込んだ。

ルーシィは少し顔を赤らめているが、いやいや、俺も恥ずかしいけど今はそれを忍んでも確認したいことがある。

おい、これってまさか……。

「スキルクリスタル……か？」

彼女の左眼。

その色合いは今まで見てきたスキルクリスタルに酷似していた。

ルーシィは俺の言葉を受け、コクコクと首を縦《たて》に振る。

「何でルーシィの左眼がスキルクリスタルになっているんだ？」

「リーゼベトと戦争が始まった時、スキルクリスタルが私の眼に移植されたの。ロネはこのロギメルのスキルクリスタルを欲《ほっ》していたから……」

「スキルクリスタルを欲していた？」

「そう。もともとリーゼベトが宣戦布告してきたのは、ロギメルがスキルクリスタルの譲渡を断ったから。だから絶対にロネの手にこれが渡らないようスキルクリスタルを隠す必要性があったの。そしていよいよ敗色が濃厚になった時、私はスカーレットさんの魔法で馬に姿を変え、このスキルクリスタルごと姿を晦《くら》ませることに成功した」

「ちょっとストップ」

ルーシィの説明に一部聞き捨てならない箇所があったので、会話を止める。

「スカーレットの魔法で馬になったのか？」

「うん」

俺の問いに隠す素振りを見せず、ルーシィは肯定する。

「だ、そうだが？　糞のじゃロリ吸血鬼」

「誰が糞のじゃロリ吸血鬼じゃ！　まったく失礼な奴じゃのお主《ぬし》は……ああぁあっ!?」

俺は瞬時に天下無双を発動させ、クソ吸血鬼の胸ぐらを掴み上げると、喉元《のどもと》に手刀を突き付けた。

「御託《ごたく》はいい。何か現世に言い残しておくことがあれば聞いてやるぞ」

これまで世話になった情けだ。せめて最後の言葉くらいは残させておいてやろう。

「待つのじゃ、待つのじゃ！　儂が馬に変えたのはルーデンスとルーシィのたっての願いがあったからじゃ！」

「ルーシィの願い？」

俺はルーシィの方へ顔を向け真偽を確かめる。

「私からスカーレットさんにお願いしたの。そうしないと多分私は死んでいたと思うから」

それを聞き、俺はとりあえずスカーレットから手を離す。

スカーレットはそのまま重力に従い地面へと落下し、大きく尻餅《しりもち》をついた。

「あたっ！　まったく儂の扱いがちぃと酷《ひど》すぎると思うんじゃがな」

ぶつぶつと俺を恨みがましく睨《にら》み付けながらスカーレットは文句を垂れる。が、俺としてはまだ合点《がてん》がいかないことがあった。

「なんで自分では解呪できない呪系統の魔法を使った？」

呪系統の魔法は、術者の魔力を大幅に上回る魔力を以《もっ》てしか解呪することができない。

俺の見立てではスカーレットは相当の魔法の使い手。そう簡単に自身を超えるような魔法の使い手が現れることはないことなんて分かりきっているはずだ。

「ラグが元に戻してくれるからって……」

するとルーシィが俺の前に歩み出てそう告げた。

「スカーレットさんが、大きくなったラグが元に戻してくれるから大丈夫だって言ったの」

大きくなった俺が元に戻す？

「儂は魔眼の吸血鬼じゃぞ。今日という日が訪れることを知らないはずがないじゃろ」

お尻をさすりながら俺に向かってスカーレットはそう言う。

俺がエリクサーを手に入れ、ルーシィを馬から人へと戻す……、そんな未来を見通していたということか。

「何故教えてくれなかったのか……という顔をしておるの」

「ああ、そうだよ」

そう、それならそれで最初から全て説明をしてくれれば良かったはずだ。

それともまたこいつは面白くないからという理由で俺に説明をしなかったというのか？

それならそれで人を小馬鹿にするのもいい加減にしろと言いたくなる。

「この際じゃからはっきりと言っておくが、儂がお主に明確な未来を伝えることはない。儂ができるのはお主に指針を示すことだけ。これはラグナスお主の、ひいてはお主の未来のためなのじゃからな」

「俺の未来のため……？」

「ここにおる儂が、未来を伝えないという選択をしたことにより、どのような未来になるのかは正直儂にも分からん。じゃが、未来を伝えるという選択をしたことにより訪れる未来よりかは、お主が救われることを信じて、儂はこの意志を貫《つらぬ》いておるのじゃ」

「待て、言っている意味がさっぱり……」

「今はそれでいいのじゃ。その代わり、時が来たら全てをお主に伝えることを約束するのじゃ。それよりも……」

説明はこれまでというようにスカーレットは会話を切り上げ、すっとルーシィの方を指差す。

「新しいスキルはいいのか？」

俺は、はっとしてルーシィに向き直る。

新しいスキル。ルーシィの左眼が本当にスキルクリスタルならば、手に入るはずなんだ。新しい虹色のスキルが。

「いや、でも待てよ……」

ただ今回のスキルクリスタルはロギメルのもの。

前にスカーレットが言っていた、既《すで》に修得しているスキルのヒントの一つが確かロギメルのものじゃなかったっけか？

「なぁ、もしかして新しいスキルは早熟か超回復なのか？」

「そうじゃ。儂の言っていたことを覚えておるとはなかなか殊勝《しゅしょう》なことじゃな」

スキルクリスタルとの共存。

虹色のスキルに限ってのみ、一定の間スキルクリスタルと共存をすることで修得することができる。

それはステータスパネルにも反映がされていないから、本人は修得していることに気付かない。

俺はかつて馬だったルーシィと長い間一緒にいた。なるほど、その時にスキルを手に入れていたわけか。

「じゃあわざわざスキルクリスタルに干渉をする必要はないんじゃないか？」

このロギメルのスキルクリスタルから得られるスキルが早熟か超回復かは分からないが、修得したと思われる時期的に恐らく超回復の方だと推測はできる。

ただいずれにせよ両方を既に修得している今、わざわざ干渉してステータスパネルに表示させることに意味を見出《みいだ》せない。強《し》いて言うなら、そのスキルの効果を実際に確認できるようになることぐらいか。

「干渉は絶対に必要じゃ」

しかしスカーレットは、そんな俺の意見をバッサリと切り捨てた。

「重要なのはお主の身体がそのスキルを修得していると知覚すること。即《すなわ》ち、スキルクリスタルに干渉し、実際にスキルを確認できるような状態にしていることが大事なのじゃ」

そしてスカーレットは俺に尋ねた。

「なぁ、ラグナス。虹色のスキルを修得した時、消費されたＳＰはどうなったと思う？」

「消費されたSPがどうなったか？」

俺は最初虹色のスキルを修得するには大量のSPが必要だと勘違いをしていた。

しかしそれは、とあるスキルを手に入れた時に分かると、スカーレットは言っていたはずだ。

「自分で濁しておきながら意地悪な質問じゃったな」

スカーレットは少し申し訳なさそうな表情でそう言い、続けた。

「消費されたと思われているSPは、それぞれの虹色のスキルの中に留《とど》まり続け、一定のSPが溜まった時、とあるスキルの効果をもって虹色のスキルは目覚めの時を迎えるのじゃ」

「目覚めの時を迎える……」

「虹色のスキルは修得した段階では本来の力を内に秘めたまま眠っている状態にある。それを目覚めさせるには、スキルクリスタルに干渉しておく必要があるのじゃ」

虹色のスキルは眠った状態、本来の力を内に秘めている……か。

それが本当なら、俺のスキルは更に強くなる可能性があるということ。スカーレットがスキルクリスタルへの干渉を勧《すす》めるのも納得はできる。

「分かった。ただ一つだけ……」

これだけは確認しておかないとな。

「……ルーシィの身体に影響はないのか？」

ルーシィの左眼のスキルクリスタルへ干渉することによって、ルーシィの身体に悪影響が及ぶのではないか。

「スキル修得をする分には何も影響はないのじゃ」

そんな俺の懸念《けねん》を余所《よそ》に、スカーレットは楽観的にそう答えた。

「信じていいんだな？」

「なのじゃ」

スカーレットはいろいろなことを俺に隠している。紛《まぎ》らわしいことも言うし、茶化すように煙《けむ》に巻くこともある。だが、一度も嘘をついたことはない。

「分かった」

俺はスカーレットの言葉を信じることにし、そっとルーシィへ近寄った。

「痛かったり、身体に何か異常を感じたらすぐに教えてくれ」

俺の言葉にルーシィは黙って頷く。

それを受けて俺は、左手を彼女の左眼へとあてがった。そして、ゆっくりと念じると、彼女の左眼のスキルクリスタルが虹色の光を放ち始めた。

「ルーシィ!?」

ルーシィが苦悶《くもん》の表情を浮かべているのに気付き、俺が慌てて手を引こうとすると、彼女は大丈夫とばかりに俺の腕を摑んだ。

「大丈夫。少し眩《まぶ》しいだけ……だから」

そう言ってルーシィは俺に微笑む。

そんなやり取りをしている間に、光は集束し、俺の中に消えていった。

「ルーシィ、大丈夫か!?」

「うん、私は平気」

ルーシィの変わらない声色を聞いてホッと胸を撫で下ろした俺は、早速ステータスパネルを開いた。

＊＊＊＊＊＊＊＊＊＊＊＊＊＊＊＊＊＊＊＊＊＊

ラグナス・ツヴァイト
Lv：1
筋力：G
体力：G
知力：GG
魔力：G
速力：GG
運勢：GG
SP：0

スキル：【レベルリセット】【超回復】【エリクサー】【ランダムスキル】【天下無双】
＊＊＊＊＊＊＊＊＊＊＊＊＊＊＊＊＊＊＊＊＊＊＊＊＊＊
＝＝＝＝＝＝＝＝＝＝＝＝＝＝＝＝＝＝＝＝＝＝＝＝＝＝＝＝＝＝

超回復
　レベル変動時に強制的に体力、魔力、状態異常を全回復させる。

＝＝＝＝＝＝＝＝＝＝＝＝＝＝＝＝＝＝＝＝＝＝＝＝＝＝＝＝＝＝

やはりロギメルのスキルクリスタルから修得していたのは超回復のスキル。

効果は以前スカーレットから聞いていた通りだ。

これでひとまずスキルを修得したと身体に知覚させることはできたらしいが、それよりも気になるのは先ほどの話。教えてくれるかどうかは分からないけれど、ダメ元で聞いてみるか。

「なぁ、さっきの話なんだが……」

「虹色のスキルたちを目覚めさせる、『世界』を司《つかさど》るスキルクリスタルから得られる虹色のスキルの名は『白醒《びゃくせい》』。最果ての地で生まれたそのスキルクリスタルは、四百年前の英雄とともに眠っておる」

「『白醒』？　四百年前の英雄？」

突拍子《とつぴようし》もなくもたらされる様々な情報に頭が混乱する。

英雄と言えば、思い当たるのはルリエルの言っていた英雄の話。

その英雄もまた、俺の天下無双に似た力を使っていたらしい。ここまで繋がりを感じさせられては、もう無関係と切り捨てることはできない……か。

「英雄最期《さいご》の地、その地はかつて存在した国ディアインにある。今はリーゼベトの一部となってしまったがの」

ディアインと言えばリーゼベトの最初の侵攻によって滅んだ国。

そして、スカーレットのヒント通りなら俺が最初に修得した早熟のスキルを宿したスキルクリスタルを保有していた国だ。

「儂が示してやれる次の指針はディアイン。その地で『白醒』を手に入れ、そして虹色のスキルが持つ意味、その真実の一部に触れてくるのじゃ」

「――そこに行けば、この虹色のスキルの意味が分かるのか？」

「なのじゃ」

一言、スカーレットはそう言って頷いた。

十歳の時まで俺が培《つちか》ってきた全てが崩れ去るきっかけとなったこのスキルの意味。それを知ることで俺は本当に強くなれるのだろうか。

少なくとも白醒のスキルは俺の持つ虹色のスキルを目覚めさせ、本来の力を取り戻すものらしい。

ならば次に俺が進む道はもう決まったようなものだ。更なる強さが手に入るのなら、俺が選ぶ道はただ一つ——。

次に目指すは英雄最期の地、ディアイン。

幕間◆とある紳士が遺した、創作のための個人的な手記①

素晴らしい出逢《であ》いをプレゼントしてくれた運命に祝福を。

今日もつまらない一日が終わる。私はそう思っていた。

夕刻、ヨーゲンギルドのロビー内、私はお気に入りの窓際《まどぎわ》の席で、お気に入りのコーヒーを飲んでいた。沈む夕日を眺めながらの黄昏《たそがれ》、そんな時、運命の出逢いは訪れたのだ。

「そんな言い方はないですよ！」

不意に私の至高の時間を邪魔するような、無粋な声が響く。せっかくのコーヒーブレークが台なしになり、少しのイラつきを私は覚えていた。

いやいや良くないね。怒りは何も生み出さない、こんな日もたまにはあるかと、私は席を立つ。

「それでギルドマスターがあなた方に是非お会いしてお礼が言いたいと申しておりまして」

ん？　ギルドマスター？　会いたい？　そんな言葉が耳に届いた。ギルドマスターといえば、このアスアレフにある全ギルドを統括しているギルド内の最高権力者。伊達《だて》や酔狂でその辺の冒険者などと面会することはありえないはずだ。

「行くぞ二ばばばばばばばばばば」

するとギルドの女性職員を間に挟んですったもんだしていたカップルの少年の方が、何やら電撃を浴びている光景が目に飛び込んでくる。

少年は、およそ人間が発するとは思えない声を上げていた。あれは奴隷への仕置きとして用いられるものだったはず……。

あの二人に少し興味を覚えた私は、椅子に座り直し、コーヒーカップを片手に聞き耳を立てることにした。

「あなたがこれ以上怒られるのは不憫《ふびん》です。私たちでよろしければお力になりますよ」

少女の方が受付の女性にそう言うと、彼女の顔は晴れやかなものとなる。

「助かります。では、応接室にご案内しますね」

受付の女性はカウンターから出てくると、少女を奥の応接室へと案内し始めた。それを見送る少年。なるほど、奴隷は主人の大事な話が終わるまで外で待機か。言葉で伝えずとも行動に移せるとは、なかなかに躾《しつけ》が行き届いている……と思っていたら、少女はくるりと振り返り少年のもとへ戻ってきた。

「何してるんです？　行きますよ——」

「へいへい」

少女はラグナスという名の少年を連れ、そのまま受付の女性とともに応接室へと消えていった。

………。

通常の主従関係とは違う……？

先ほどの口の利《き》き方は、奴隷では考えられない。それに少女も、そのことに対して気にした様子もない。そもそも私にしても、二人の会話からカップルだと思い込んでいたではないか。

あの二人……何かある。自身の第六感が覚醒し、交感神経を刺激する。いつの間にか私の手は歓喜に打ち震えていた。

面白い……、すごく面白い。興味の火種が燃え上がった私はもう止まらない。

決めた。私は、あの二人をどこまでも追いかけ続けよう。彼女らが私にもたらしてくる煌《きら》めいた無数の糸。それらを繋ぎ合わせ、一冊の物語として書き上げるために。

始まりは、ここより紡《つむ》がれる。

――シュケーテル・ウーヌス・パパラッチメンの手記第1ページより――

エクストラエピソード ◆ 恩

「失礼しやす！」

荒々しい声とともに扉を開けたのは一人の粗野な男。その男の手には、二匹の汚らしい猫型生物が首根っこを摑まれぐったりとしていた。身の丈《たけ》は人間の子供くらい。姿形からするに、獣人の類《たぐい》だろう。

「おらよっ！」

男はその手にしていたその二匹を、怒気を含んだ声とともに放る。

「ミャッ！」

「ニヤッ！」

放られた二匹は放物線を描き、赤色の絨毯《じゅうたん》の上に勢いよくダイブした。

「ん？」

すると、何事だとばかりに不機嫌そうな男の声が二匹の耳に届く。見ると、執務室と思《おぼ》しきその部屋の中央で、一人の男が事務机越しにこちらを睨《にら》んでいた。

傍《かたわ》らには二匹の大きな犬。片方は雪を連想させるほど真っ白な犬で、もう片方は夜空を思わせるような真っ黒な犬だった。

しばしの静寂《せいじやく》が部屋を包む。それを破ったのは他ならぬ部屋の主である男だった。

「説明せぇ」

短く、圧を感じさせる言葉が粗野な男に向けて投げられる。向けられた鋭い視線。一瞬にして粗野な男の怒りが霧散《むさん》したのが分かった。

「すいやせん、遅くなりやした。ジェイさんこいつら……」

「ちょっと待った」

粗野な男の慌《あわ》てた説明を、ジェイと呼ばれた男は机をバンッと叩くことで打ち切る。

「俺の店で盗みを働いたって説明ならいらん。んなことはこいつらの身なりとか、状況見りゃ説明されんでも何となく分かるけぇの。俺が聞きたいんは、何でこいつらをここに連れてきたんかいうことなんじゃけど」

「は？　いや……、あっ、そうか、すいやせん！」

粗野な男は何を言われているのか分からない様子で考え込むが、咄嗟《とつさ》に何かを思い出したのか謝罪を口にする。

「ジェイさんは犬が一番好きなのに、それ以外の動物をここに連れてきてしまって……」

「あーもう！　そう意味じゃねぇ！」

ジェイはイライラした様子で頭を掻きむしりながら怒鳴る。

「今日明日食うに困っとるガキの悪さの一つごときに、何を目くじら立ててとんのかって言うとるんじゃ！　ケイン商会の人間ならの、たらふく飯食わして、何でこんなことしたんじゃつって話聞いてやるぐらいしたれよ！」

「は、はい……」

部屋中に響き渡る怒声。粗野な男も最初の勢いはどこへ行ったのか、縮こまって小声で返事をするだけで精一杯のようだった。

「うし。じゃあこれ渡すけぇ、後はよろしくぅ」

そう言うと、ジェイはおもむろに懐《ふところ》から金貨を数枚取り出し、粗野な男へ放った。男はそれを拾うと、二匹に対して「行くぞ」と声をかける。

結局二匹は訳も分からないまま、その後粗野な男から食事をご馳走《ちそう》になり、今までどこにも雇ってもらえなかったことなどを話すと、人手を欲《ほっ》しているケイン商会の店を紹介してもらえた。トントン拍子に進む話に困惑《こんわく》しつつも、二匹が話の中から得られた情報は、あの男の名がジェイ・ケインヘットであるということ。二匹は、悪事を働いた自分たちに手を差し伸べてくれたジェイに、いつか恩返ししたいと、その時心から強くそう思った。

恩を受けた二匹の猫。その二匹がジェイの信頼を受け、商売猫ミャル・ニャルとして世界中を飛び回ることになるのは、もう少し先のお話。

あとがき

初めましての方は初めまして。第一巻やWEB版からの方はお久しぶりでございます。雷舞《らいぶ》蛇尾《へびお》です。てんびん座、巳年、O型。ライブラ、へび、おー。らいぶへびおです。

『レベルリセット』、無事二巻目です。これもご支持をいただきました読者の皆々様のおかげです。雷舞としても担当編集Mさんをチラ見していた甲斐がありました。これからも続刊を出してもらえるよう熱い視線を送り続けようと思います。

さて、第一巻から引き続き、雷舞のあとがきスタイルは『レベルリセット』という物語の内容に触れていくものとなりますので、その前に謝辞をば。

まず、今回もカバーイラストや挿絵を担当していただきましたさかなへん先生。雷舞が作った分かりにくいキャラ表を元に今回も色々ご対応いただきありがとうございました。特に先生から様々なご提案をいただくごとに、いつも「なるほどなぁ」と感動しております。続いて担当編集Mさん。今回もカバーイラストや口絵の構図などを考えていただきありがとうございます。第一巻に続き独り言をつぶやきますが、続きも書籍化したいなぁ……（ガン見）。最後に読者の皆々様。第一巻からの方、WEB版からの方、皆様のご支持、ご声援があり第二巻へとつながりました。ありがとうございます。今後も皆様のご期待に添える内容をご提供できるよう、雷舞も日々精進して参ります。

では謝辞も終わりましたところで、第二巻の内容に触れていきたいと思います。あらすじから読まれている方は、もしかしたらネタバレとなってしまうかもしれませんので、ご注意ください。

まずは本作のカバーイラストについて。今回のカバーイラストの構図につきましても、第一巻に続き天才編集M氏のセンスが光ったものとなります。雷舞のナンセンスな口出しをかわしつつ、さかなへん先生と二人三脚で仕上げていただきました。雷舞はというと、できあがった素晴らしいカバーイラストに対して「めっちゃいいっすね」と言うだけのBOTと化しておりました。この場をお借りして謝罪申し上げます。ちなみにそんなBOT雷舞でも今回のカバーイラストについてはこだわった箇所が二点あります。一つは分かり易い箇所ですので読者の皆様は既《すで》にお気づきかと思います。そうです、その部分です。もう一つは……、今回のカバーイラストのメインの瑠璃《るり》色のサイドテールの女の子、後ろにラグナスがいることですごく嬉しそうな表情をしていますね。良かった、良かった。

次はルリエルに焦点《しょうてん》を当ててみたいと思います。実はルリエルの髪型はさかなへん先生が提案してくださったものを採用いたしました。と言いますのも、雷舞が当初想定していた髪型よりも、こっちの方が確かにルリエルっぽいなとそう思った次第です。さすがはプロのイラストレーターさんだなぁと思う反面、自分のセンスのなさに気付き、絶望した雷舞は、その夜人知れず枕を濡らしたとか濡らしてないとか。ルリエルのことに関してはそうですね……、「約束守れよ、ラグナス」とだけ言っておきますか。

最後に第二巻のエピローグにつきまして。レベルリセットという物語を書いていく上で、当然ながら雷舞の中では最後はこうしようという構想は既に決まっております。これは現在公開中のWEB版を書き始めた時にはもう決まっていました。それとは別に、物語の節目についても雷舞の中ではこうしたいというものがあります。第一巻ではラグナスとニナのシーン、第二巻では今回のエピローグといった形ですね。特に今回の第二巻のエピローグ部分については、レベルリセットを書き始めた段階において、実は一番書きたかったシーンとなります。まずは、この話に持っていこうと、そんな感じで進めていった訳です。ですので、今回のシーンを第二巻としてお届けできた今、まずは一つの達成感を雷舞は勝手に感じている次第です。次に書きたいところは……、もう少し先になるかも……。応援よろしくお願いします！

ネタバレになってしまうのであまり踏み込んだことが言えないのが残念です。しかしながら第一巻のあとがきでも述べさせていただいた通り、当然第二巻にも色々なものを埋め込んでおります。特に第一巻と比較して読んでいただくと、もしかしたら何かお気づきになる点があったりするかもしれません。では今回も、作中のスカーレットの言葉を拝借しつつ、ちょっとアレンジして締めとさせていただきます。

「いよいよです。どうか見ていてください。読者の皆様」

以上、雷舞蛇尾でした。

この作品の感想をお寄せください。

あて先　〒101-8050　東京都千代田区一ツ橋2-5-10
集英社　ダッシュエックス文庫編集部　気付
雷舞蛇尾先生　さかなへん先生

ダッシュエックス文庫

レベルリセット2
～ゴミスキルだと勘違いしたけれど実はとんでもないチートスキルだった～

雷舞蛇尾

2021年11月30日　第1刷発行

★定価はカバーに表示してあります

発行者　瓶子吉久
発行所　株式会社　集英社
〒101−8050　東京都千代田区一ツ橋2−5−10
03(3230)6229(編集)
03(3230)6393(販売／書店専用) 03(3230)6080(読者係)
印刷所　凸版印刷株式会社

ISBN978-4-08-631447-3 C0193